마그넷 수집가

* 이 책에 실린 모든 마그넷 그림은 작가가 직접 그린 그림입니다.

* 등장인물들의 사생활 보호를 위해 일부는 가명을 사용하였음을 밝힙니다.

* 이 책의 본문은 '을유1945' 서체를 사용했습니다.

London, U.K.
Paris, France
Heidelberg, Germany
Salzburg, Austria
Vienna, Austria
Venice, Italy
Florence, Italy
Giverny, France
Prague, Czech
Bratislava & Devin, Slovakia
Budapest, Hungary
Burano, Italy
Pisa, Italy
Arezzo, Italy
Tivoli, Italy

마그넷 수집가

느긋하고
솔직한
지리 덕후의
유럽 여행

Trier, Germany
Frankfurt, Germany
Nuremberg, Germany
Munich, Germany
Seefeld in Tirol, Austria
Rome, Italy
Sorrento & Positano, Italy
Malta
Milan, Italy
Innsbruck, Austria
Salzkammergut, Austria
Neuschwanstein, Germany
Rothenburg, Germany
Wieliczka, Poland
Krakow, Poland

크록

나의 작은 마그넷 친구들 ≫

냉장고 문을 열 때마다 잔뜩 붙어 있는 마그넷을 슬쩍 바라본다. 그러다 한참을 감상하기도 한다. 내 발걸음이 닿았던 지난 여정들을. 에펠 탑 전경의 마그넷을 보면 에펠 탑이 보이는 민박집에서 묵었던 날들이, 커다란 맥주통 마그넷을 보면 소란스러운 비어홀에서 맥주잔을 부딪쳤던 밤이, 소금 알갱이가 붙어있는 마그넷을 보면 소금광산 속의 빛과 어둠이 떠오른다. 마그넷만 덩그러니 붙어 있는 것이 아니라 마그넷 하나하나에 추억도 함께 붙어 있는 것이다. 크고 작은 마그넷 속에서 오래전 여행의 추억이 함께 흘러간다.

스물넷의 내가 그곳에 있었다. 그땐 내 나이가 적지 않다고 생각했었다. 친한 친구들은 모두 대학을 졸업했고 새로운 출발선에 있었다. 나는 앞으로 내가 하고 싶은 일들을 생각하며 인생을 유예하고 있었다. 서두르지 말자. 지금의 내게 필요한 것은 무엇일까? 사회로 뛰어들기 전에 하고 싶은 경험들이 있었다. 나는 유럽으로 떠났다. 지중해의 작은 섬나라 몰타에 5개월간 새로운 터를 잡기로 했다. 오전에는 어학원에서 영어를 배웠고 오후에는 몰타 곳곳을 돌아다녔다. 느지막이 봄기운이 돌 때쯤 주말을 이용해 베네치아와 밀라노를 여행했다. 2박 3일 이탈리아 여행이라니, 같은 유럽 안이기에 가능한 일이었다. 본격적인 여름이 찾아오고서는 학원에 방학을 신청하고 세 차례의 긴 여행을 다녀왔다. 중부 이탈리아로, 서유럽으로, 동유럽으로. 여행을 마치면 다시 몰타에서 지내다가 몇 주 후 다시 출국하는 식의 일정이었다. 몰타를 거점으로 총 4번의 유럽 여행을 한 셈이다. 이 책의 이야기는 그러한 여행길 위에서 만들어졌다. 스물넷의 나는 몰타로 돌아올 때마다 발걸음이 닿은 도시의 마그넷을 한 움큼 들고 왔다. 그리고 이 모든 마그넷들을 가지고 최종적으로 한국으로 돌아왔다.

나는 어쩌다 마그넷을 모으게 되었을까? 여행을 추억할 아이템은 마그넷 말고도 많을 텐데. 마그넷은 엽서만큼 저렴하거나 가벼운 것도 아니고, 그렇다고 책과 음반만큼 특별한 것도 아니다. 용도라고는 냉장고와 현관에 붙여놓는 일뿐이니 누군가는 쓸데없는 물건을 사 왔다고 생각할지도 모르겠다. 마그넷은 가장 고전적인 여행 기념품이다. 그럼에도 여전히 많은 이들이 마그넷을 모으고 있으니 가장 기본적인 것일수록 오래도록 사랑받는 이유가 있는 듯하다. 전 세계 어느 도시를 여행하더라도 가장 쉽게 찾을 수 있는 아이템, 수많은 디자인 중 취향껏 하나를 고르는 재미가 있는 아이템, 집으로 돌아와서도 별도의 공간을 차지하지 않고 맘 편히 냉장고에 붙여 두면 되는 아이템이다. 마그넷은 부담스럽지 않았다.

하지만 여행하는 당시에는 쌓여 가는 마그넷이 원망스럽기도 했다. 나는 배낭여행자였으니까. 커다란 배낭 맨 앞의 마그넷 전용 주머니는 날이 갈수록 빵빵해졌다. 도시를 이동할 때마다 마그넷이 한두 개씩 늘어나더니 언젠가부터 무시할 수 없을 정도의 무게가 되어 버렸다. 어깨를 짓누르는 배낭 무게에 그냥 욕심내지 말고 엽서나 샀어야 했다며, 마그넷 따위 캐리어를 끌고 온 여행자에게나 적합한 기념품이었다며, 배낭을 새로 쌀 때마다 땅을 치며 후회했다. 그런데 이미 사 온 애들을 어찌할까. 이미 나는 마그넷 하나하나에 정이 든 후였고, 이 친구들은 여행 끝까지 이고 지고 다녀야 할 동반자였다. 솔직히 고백하자면 여행의 뒤로 갈수록 무게를 고려해 조금 못생겨도 가벼운 마그넷을 고르기도 했고, 여행 경비에 쪼들려 마음에 드는 고가의 마그넷을 두고 저렴하고 작은 마그넷을 고르기도 했다. 이렇게 하나의 책으로 만들어질 줄 알았다면 무리해서라도 더 예쁜 마그넷을 골라오는 거였는데.

한국으로 돌아온 마그넷 친구들은 현재 냉장고와 현관을 귀엽게 장식하고 있다. 집에 놀러 오는 손님마다 '여행 많이 다녀왔나 보네' 한 마디씩 거들며 마그넷을 살펴보기도 한다. 나 또한 마그넷을 요리조리 재배치해보며 지난 여행을 추억해본다. 마그넷 하나하나에는 나의 시간이 깃들어 있었고 마그넷들을 이으면 내 발걸음이 거쳐 간 지도가 된다. 책을 준비하며 이 마그넷들을 어떠한 방식으로 보여 드릴까 고민하다 결국 그림을 그려보기로 했다. 책에 수록된 마그넷은 모두 디지털드로잉으로 직접 그렸다. 그림은 취미일 뿐 업으로 하는 사람은 아닌지라 역시 익숙지 않은 작업이었지만, 마그넷을 세밀하게 들여다보고 표현해나가면서 마그넷 하나하나에 담긴 이야기들을 더욱 섬세하게 이해할 수 있었다. 마그넷에는 여행하는 도시의 핵심이 있었다. 각 도시의 이야기와 나의 이야기가 맞닿은 순간, 그 시간 속에서 나는 더욱 성장했고, 늘 생각하는 존재였으며, 인연의 감사함과 세상의 아름다움을 느꼈다.

2025년, 9월

목차

⌄

1부　　　꿈꿔 온 도시 》

어린 시절의 나는 언제나 더 큰 세상을 꿈꿔 오던 소녀였다. 살고 있는 도시를 넘어 낯선 땅이 가진 이야기에 늘 귀를 기울였고, 그곳에서도 언젠가 나만의 이야기를 만들고 싶었다. 머나먼 이국의 속삭임에 빠져들어 즐거운 상상 속에 잠기는 것은 일상의 탈출구이자 소망이었다. 그리고 마침내 내게도 꿈을 이룰 순간들이 왔다.

LONDON
London, U.K
Belgium
France

상상보다 멋진 현실

→ 런던이라는 도시는 어릴 적부터 친숙했다. '해리 포터'나 '셜록 홈스' 같은 유명 시리즈물의 배경이었던 곳. <노팅 힐>과 <러브 액츄얼리>가 있는 로맨틱한 도시. 비틀스 팝이 흐르고, 화려한 뮤지컬 간판이 거리를 장식하고, 셰익스피어의 명작이 살아 있는 곳. 그리고 템스강과 빅 벤, 타워 브리지, 빨간 이층 버스와 빨간 공중전화 부스, 비가 오는 런던 거리, 영국 신사…. 런던을 형용하는 수많은 단어가 런던을 꿈꾸게 했고 동시에 런던을 잘 알고 있다고 착각하게 만들었다. 런던은 멋있을 거야. 하지만 뻔하겠지. 그리고 오만한 착각은 진짜 런던을 마주한 뒤 하루하루 산산이 부서졌다.

런던은 '나 같은 애'에게 딱 맞는 도시였다. 도시에서 태어나 도시를 배경으로 자라온 애. 전원의 호젓함을 꿈꾸지만 결국은 도시의 익명성 속에서 가장 마음이 놓이는 애였다. 아무도 나에게 관심을 두지 않고, 도시의 충분한 인프라 덕에 그때그때 필요한 것들을 충족할 수 있는 환경. 우습게도 이러한 런던의 특성이 나 같은 애에게는 딱 맞았던 것이다. 런던에는 모든 것이 있을 테지만, 파리보다는 예술의 향기가 덜 짙을 것이고 독일의 작은 마을보다는 전통의 향취가 덜하리라 추측했다. 그리고 그 추측은 어느 정도 맞았다. 그렇지만, 그래서 다른 곳보다 런던이 개인적인 최애 여행지 순위에서 밀리지 않을까 예상했던 건 완전히 틀렸다. 가장 자유롭고 나답게 여행할 수 있었던 곳은 바로 런던이었다. 유럽에서는 오직 런던뿐이기도 했다.

서울처럼 모든 게 갖추어진 큰 도시에서 생활하다 유럽에 오면 생각보다 의아한 부분이 많다. 대부분의 유럽 도시는 전통의 아름다움이 살아있는 대신 불편하다. 그 흔한 에어컨도 잘 없고, 여전히 옛날 방식으로 열쇠를 돌려 문을 딴다. 지하철이나 시내버스도 한국보다 불편할 뿐 아니라 도시마다 탑승 방식이 달라 매번 새롭게 적응해야 한다. 개인적으로는 24시간 편의점이 없는 게 가장 불편했고, 한국인의 소울드링크인 아이스 아메리카노가 없는 게 두 번째로 불편했다. 그리고 한국처럼 간단히 끼니를 때울 수 있는 저렴한 음식을 찾기 어려워 자꾸만 거창한 식사를 하게 되는 것도 불만이었다. 결국 여행 내내 비용 절약에 애를 먹었다. 하지만 이 도시만큼은 달랐다.

런던은 내게 익숙한 서울식 대도시를 유럽 배경으로 옮긴 모습이었다. 유럽 건축과 문화의 특색이 살아 있으면서도 마음이 편했다. 런던은 약 900만 명의 인구를 가진 도시로 행정구역 기준으로는 이스탄불과 모스크바를 제외하면 유럽에서 가장 많은 사람이 사는 도시다. 그래서인지 런던은 서울이나 도쿄 같은 아시아 도시들을 여행할 때와 비슷한 방식으로 여행할 수 있었다. 권역별로 묶어서 여행 스케줄을 짰고, 그곳까지 지하철로 이동하는 아주 평범하고 익숙한 여행법이었다. 게다가 아무래도 영어를 쓰는 곳이니만큼 다른 유럽어권보다 익숙한 언어가 주는 안정감이 있다. 낮에는 미술관이나 관광지를 방문했고 공원이 나타나면 돗자리를 깔고 남 눈치 보지 않고 쉬었다. 워낙 여행객도 많고 외국 출신 거주자도 많은 도시여서 동양인 여자 혼자서 뭘 하고 다니든 그다지 신경 쓰지 않는 분위기가 좋았다. 여행을 하다 배가 고파질 때쯤 주위를 둘러보면 가볍게 한 끼 해결

이 가능한 저렴한 프랜차이즈나 맛있어 보이는 아시안 레스토랑이 보였다. 수많은 레스토랑이 넓혀준 메뉴 선택지, 여행지 곳곳에서 쉽게 만날 수 있는 푸드 트럭이 나를 안심시켰다. 너의 여행은 쉽게 흐트러지지 않을 것이고, 우연히 고른 선택지조차 최고의 추억을 만들어줄 거라고.

물가 비싼 런던이라지만 수많은 선택지는 오히려 합리적 소비의 기회를 주었다. 도시의 자본이 만든 다양성의 물결에서 행복해하는 나. 목가적인 풍경이 선사하는 마음의 안정보다 익숙한 것이 주는 안정에서 더욱 편안함을 느껴버린 것이다. 우습기도 했다. 빠름과 편리함만 좇는 한국 사회에 비판적인 시각을 가지고 있었건만, 결국은 나 또한 그러한 사회의 일원이었다는 걸 납득할 수밖에 없었다. 런던이 서울의 결과 비슷해서 좋았다는 걸 인정해야만 했다. 나는 런던이 좋다. 도시의 편리함과 익명성을 사랑한다. 런던은 자본의 힘으로 굴러가고 있는 도시였다. 그렇게 합리적 소비로 아낀 돈은 여행자의 지갑을 노리는 쇼핑 아이템 앞에서 번번이 무너졌다. 런던의 수많은 상설 마켓들이 나를 기다리고 있었다. 특색 있는 마켓이 얼마나 많은지… 많은 이들이 런던을 유럽 여행의 첫 출발지로 꼽지만, 늘어날 짐의 무게를 생각하면 런던은 마지막 도시여야 했다.

활기찬 여름밤, 런더너Londoner들의 약속 장소인 피카딜리 서커스와 시끌벅적한 길거리 공연장 같은 레스터 스퀘어를 누비며 상점을 구경했다. 사고 싶은 것들이 너무 많았지만 진정하고 이번 런던 여행을 기념할 마그넷부터 골랐다. 시내 중심가여서 비싸려나? 나중에 더 저렴하게 파는 곳을 만나면 어쩌지? 관광객이 많이 오가는 곳일수록 같은 마그넷이라도 조금 더 비싸게 파는 경향이 있다. 하지만 아름다운 런던의 랜드마크로 장식된 기념품 숍의 벽면을 외면하기가 쉽지 않았다. 런던에는 어쩜 이리도 예쁜 랜드마크가 많을까? 빅 벤을 기념할지, 타워 브리지를 기념할지, 빨간 이층 버스를 기념할지. 수많은 런던의 랜드마크 사이에서 단 한 개의 풍경을 고르기란 좀처럼 쉬운 일이 아니었다. 결국은 빨간 이층 버스 안에 런던의 온갖 랜드마크가 들어가 있는 그림의 마그넷을 하나 골랐다. 이것저것 다 사버리고 싶지만 욕심을 부릴 순 없으니 이 정도면 만족스러운 판단이었다.

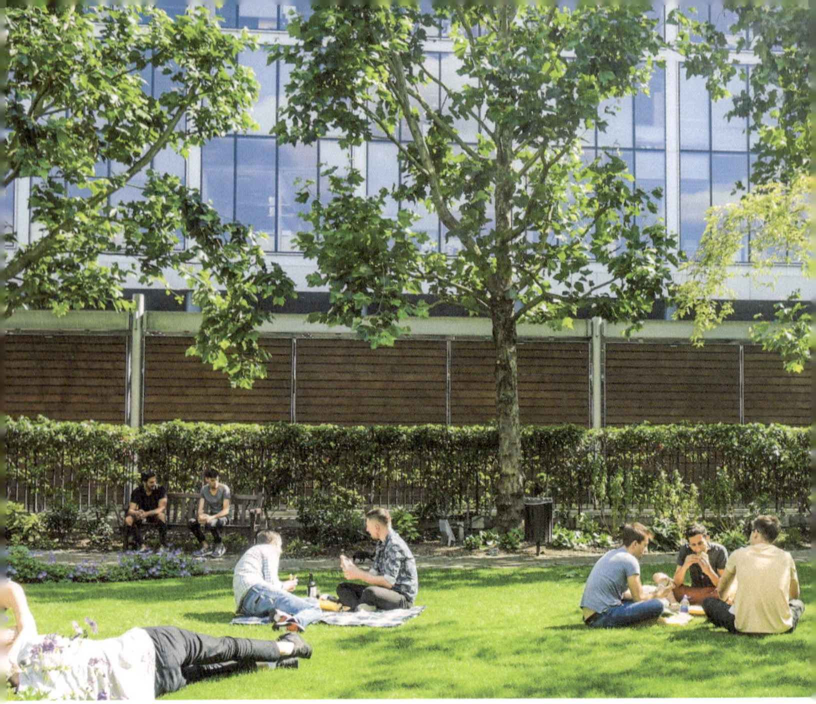

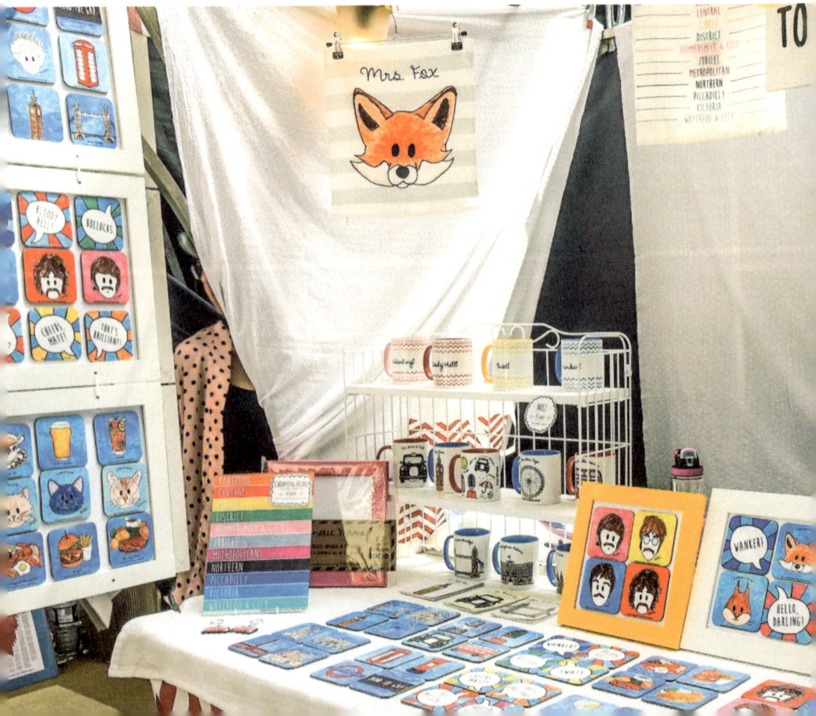

Mrs. Fox
CENTRAL
DISTRICT
HAMMERSMITH & CITY
JUBILEE
METROPOLITAN
NORTHERN
PICCADILLY
VICTORIA
WATERLOO & CITY
TO
BLOODY HELL!
BOLLOCKS
CHEERS, MATE!
THAT'S BRILLIANT!
WANKER!
HELLO, DARLING!

하지만 올드 스피탈필즈 마켓에 들렀을 때, '1도시 1마그넷'이라는 굳건한 결의는 무너지고 말았다. 여기는 런던이고, 온갖 아이디어 상품이 넘쳐나는 도시였다. 올드 스피탈필즈 마켓은 원래 오랜 역사를 지닌 전통시장이었으나 현재는 복합문화공간에 가까운 모습이다. 다양한 나라의 음식을 파는 스트리트 푸드트럭과 지역 예술가들의 수공예품을 파는 가판대가 특징적이다. 평소 소품 구경을 좋아하는 나로서는 수많은 가판대 사이를 지나다니며 심장을 부여잡을 수밖에 없었다. 예쁘고 독창적인 소품이 가득했다. 금전적 한계와 늘어날 배낭의 무게를 생각하면 아무거나 살 수는 없는 법. 고양이와 사진기가 그려진 대용량 에코백 2개와 오드리 헵번의 《VOGUE》 표지 사진, 'We Can Do It' 문구가 적힌 그림, 비틀스의 <Abbey Road> 앨범 커버 포스터를 각각 샀다. 마지막까지 살까 말까 망설였던 것은 다름 아닌 마그넷이었다. 'TO HOME FROM LONDON'이라는 직관적인 이름의 브랜드에서 나온 정사각형 코스터 마그넷이었는데, 파란 바탕에 런던의 랜드마크가 각각 1개씩 귀엽게 그려져 있었다. 이미 런던을 기념할 마그넷을 샀지만 이 마그넷 친구들은 별개로 꼭 사야겠다는 강한 끌림을 느

껐다. 도저히 이 중 1개만 고를 수 없겠는데, 4개는 있어야 냉장고에 붙여놨을 때 더 예쁘지 않을까? 결국 나는 물욕에 굴복했고 런던아이, 타워 브리지, 근위병, 빅 벤이 그려진 코스터를 각각 5파운드, 그러니까 총 20파운드에 사버렸다. 이 4개 조합을 고르는 것도 어찌나 힘들었던지, 그래도 다른 디자인을 포기하는 미덕 정도는 보인 셈이었다.

푸른 타일 같은 'TO HOME FROM LONDON' 마그넷은 본가의 김치냉장고 옆에 따로 붙여 놓았다. 볼 때마다 흐뭇한 걸 보니 올바른 소비였던 듯하다. 파란색 배경이 시원하고 청량했던 런던에서의 여름을 떠올리게 한다. 어린 시절부터 줄곧 꿈꿔 왔던 런던을 직접 마주한 증거가 이 마그넷 조각에 담겨 있었다.

U.K.
Netherlands
Belgium
Switzerland
Paris, France
Paris
France

에펠 탑이라는 환상

Paris, France

→ 언덕 위 새하얀 성당 사크레쾨르 성당이 있는 곳으로도 유명한, 예술가들의 마을 몽마르트르 언덕의 한 기념품 숍을 구경할 때였다. 이날도 어김없이 나의 파리 여행을 기념할 단 한 개의 마그넷을 선정하는 시간을 가졌는데, 런던과 달리 파리에서 마그넷 고르기는 그다지 어려운 일이 아니었다. 런던을 기념할 마그넷을 고를 때는 빅 벤과 타워 브리지와 런던아이 등 수많은 랜드마크 중 하나를 골라야 하는 미션에 빠진 느낌이었는데, 파리 여행을 기념할 마그넷을 고를 땐 그저 명쾌했다. 정답은 하나뿐. 에펠 탑이었다. 에펠 탑 외의 선택지는 고민해 본 적도 없었다. 물론 파리에도 루브르 박물관이나 개선문, 노트르담 성당 같은 유명한 랜드마크가 많지만 그 무엇도 에펠 탑에 비할 바는 아니었다. 에펠 탑은 한 도시의 랜드마크이기 전에 여행 그 자체를 의미하는 압도적인 상징물이었다. 파리는 여행자를 위한 꿈의 도시였고, 로망의 중심에는 역시 에펠 탑이 있었다.

자연스럽게 에펠 탑이 아주 커다랗게 나온 사진 형태의 마그넷으로 손을 뻗었다. 초창기 인스타그램의 피드처럼 정사각형 틀 안에 들어선 에펠 탑은 그 자체로 눈부신 '여행이라는 행위'의 상징이었다.

"어른이 되면 에펠 탑을 보러 파리에 갈 거야."

자유로운 여행자가 되길 꿈꾸던 10대 시절, 에펠 탑의 존재는 내게 아주 거대했다. 언젠가 어른이 되어 에펠 탑이 보이는 거리를 산책할 것이라는 기대는 '어른이 된 나'를 그려본 상상 중에서도 가장 멋졌다. 얼마나 에펠 탑이 좋았으면 학창 시절 미술 시간에 에펠 탑을 그리기까지 했을까. 티셔츠에 그림을 그리는 수업이었는데, 에펠 탑과 캐리어를 들고 온 소녀의 뒷모습을 그렸었다. 에펠 탑을 상상하면 언제나 두근거렸다. 예술의 도시, 파리. 에펠 탑이 보이는 풍경 아래에서는 내 안의 모든 사랑스러운 감정들이 올라올 것만 같았다. 여름 햇살 아래에서 느껴질 자유로움에 벅차올랐고, 가을 낙엽을 밟으며 느껴질 센치함에도 마음이 몽글몽글해졌다. 사춘기의 오락가락하는 감정을 모두 품어줄 것 같은 도시였다. 그것이 만약 환상이라고 할지라도 지구상에 그런 곳이

있을 것이라는 믿음은 나를 행복하게 했다.

세월이 흘러 실제로 파리를 여행하는 날이 왔다. 파리는 실상에 비해 이미지 메이킹이 너무 잘 되어있는 도시라는 말을 많이 들어 조금 걱정되었다. 로망이 부수어질까 봐. 파리라는 도시는 로망 그 자체로 너무 소중했기 때문이다. 실제로 파리를 여행해보니 왜 그런 말이 돌았는지 어느 정도 알 것 같았다. 예를 들어, 더운 날씨에 가게에는 에어컨 하나 없고 비싼 음식과 음료를 시켰는데 동그란 테이블은 비좁아 둘이 앉으면 포크 둘 공간조차 모자랐다. 같은 돈을 내고 한국에서 누렸을 호사에 대해 생각하게 되었다. 카페테라스의 낭만적인 분위기만 상상했지 실상은 그리 유쾌하지 못했다. 그런데도 파리에서 겪은 모든 일이 마치 아날로그 필터를 입힌 것처럼 아름답게 포장되어 있다. 따가운 여름 햇볕도 톤다운된 감성 필터를 입고 기억 속에 남아 있다. 분명히 별로였던 지점들이 있었던 것 같은데, 거의 왜곡된 수준으로 아름다운 장면만 머릿속에 남아 있는 걸 보니 파리에는 정말 예술의 기운이 흐르는 걸까. 머릿속에 살고 있는 사진가가 파리만큼은 무조건 감성 필터로 찍어 놓은 것일까. 누군가는 파리에 가면 누구나 예술을 하고 싶어진다고 했다. 나는 파리를 생각하면 글을 쓰고 싶고, 사진을 찍고 싶고, 그림을 그리고 싶다. 어쩌면 노래를 부르고 싶어질 수도.

파리의 로맨틱한 분위기에 정점을 찍는 것은 역시나 에펠 탑이었다. 파리의 실상이 어쨌네 왈가왈부할 수는 있겠지만, 에펠 탑의 아름다움에는 토를 달 수가 없었다. 파리가 없는 에펠 탑은 상상 불가하다. 도시 한가운데서 커다란 존재감을 발휘하는 에펠 탑이 있기에 파리는 파리다울 수 있었다. 햇살을 받은 낮의 에펠 탑도 밤하늘 속에서 반짝이는 밤의 에펠 탑도 모두 환상적이었다. 혼자서 센강의 다리에 기대 멍하니 에펠 탑을 바라보고 있자니 감정이 벅차올라 울컥했다. 꿈꾸던 파리가 눈앞에 있었고, 눈부시게 아름다웠다.

하지만 전 세계에서 아름답다고 칭송하는 에펠 탑은 1889년 완공 초기에는 환영받지 못하는 분위기였다. 거대한 철골 구조물이 고풍스러운 파리의 분위기와는 어울리지 않는다는 말이 많았다. 소설『목걸이』의 작가 모파상은 에펠 탑을 격렬히 비난했던 사람 중 하나였다. 그는 파리 어디에서나 에펠 탑이 보

이는 것을 못마땅하게 여기며, 에펠 탑에 자주 올라가 식사를 했다는 말이 있다. 에펠 탑에 올라가야만 에펠 탑이 보이지 않는 파리를 볼 수 있기 때문이었다. 에펠 탑은 애초에 파리 만국 박람회를 기념하기 위해 임시구조물로 지어졌던 탑이기에 1909년에 철거 예정이었다고 한다. 하지만 방송 중계 안테나의 역할을 해 준 덕분에 철거는 없던 일이 되었다고. 만약 에펠 탑이 계획대로 철거되었다면 파리는 엄청난 자산을 잃었을 것이다.

세월이 흘러 누구나 에펠 탑을 사랑하는 시대가 된 지금, 먼 타국에서 온 여행자인 나는 에펠 탑을 알차게 누리기 위해 여러 가지 계획을 꾸렸다. 돈을 아껴가며 여행하고 있었지만, 에펠 탑 뷰의 숙소에 묵어 보고 싶어 에펠 탑 옆 파리 15구에 있는 한인 민박에서 며칠 머물다가 저렴한 호스텔로 옮겨가기도 했다. '혼행'의 최대 단점인 '사진 찍어줄 사람 없음'에 대한 극복을 넘어 에펠 탑 인증사진을 위해 과감히 스냅사진 촬영도 예약했다. 덕분에 인생사진을 건져 아직도 여기저기에 잘 써먹고 있다. 그 유명한 센강 유람선도 타고 왔다. 한국인들에게 특히 인기가 좋은 코스로, 에펠 탑부터 노트르담 성당까지 배를 타고 센강을 한 바퀴 둘러볼 수 있다. 해 질 녘에 타면 파리의 야경까지 함께 즐길 수 있어 무척 황홀하다. 센 강에는 예술의 다리를 비롯해 운치 있는 다리도 참 많다. 다리 위에서 보는 야경도 굉장히 아름답다. 에펠 탑 꼭대기가 뾰족 튀어나와 있는데 그 풍경이 그렇게 아름다울 수가 없었다.

이렇게 에펠 탑 '덕질'스러운 여행을 하고 온 나지만 유일하게 하지 않고 온 활동이 있었으니, 바로 에펠 탑 전망대에 올라가기다. 에펠 탑은 전 세계에서 유료 입장객이 가장 많은 곳이라는 데도 내가 에펠 탑에 올라가지 않은 이유는 단 한 가지다. 공교롭게도 에펠 탑을 그렇게 싫어했던 모파상의 이유와 같다. 에펠 탑에 올라가면 에펠 탑이 보이지 않기 때문이다.

HEIDELBERG
Heidelberg, Germany
France
Switzerland
Austria
Italy

철학자의 길을 걷다

→ 여행에 있어서 유럽의 강대국들을 떠올릴 때, '영국 하면 런던, 프랑스 하면 파리'가 외워둔 공식처럼 떠오르지만 독일은 이상하게도 수도 베를린이 바로 떠오르지 않았다. 인근 다른 나라의 수도보다는 역사가 짧은 편이기도 하고, 근현대사의 아픔을 겪은 도시이기 때문에 영광스러운 모습으로만 기억되지 않는 도시여서기도 하다. 현재 베를린은 세계 곳곳에서 예술가들이 모여 문화예술을 꽃피워내는 도시가 되었다. 현대유럽에서 예술의 중심지라면 역시 베를린부터 떠오른다. 하지만 지난 여행에서 아쉽게도 베를린을 방문하진 못했다. 베를린과는 반대편인 독일 남부 지역에 지극히 끌렸기 때문이다. 가고 싶은 도시의 동선을 잇다 보니 북동쪽에 치우쳐진 베를린과는 효율적인 이동 루트가 나오질 않았다. 아쉽지만, 언젠가는 내게도 베를린에 방문할 기회가 오겠지.

독일은 과거 작은 나라들로 이루어져 있었고 현재도 지방 분권이 잘 실행되고 있는 나라다. 덕분에 독일에는 고유의 역사와 개성을 가진 도시가 참 많아서 여행자들 또한 개개인의 취향에 따라 각각 다른 여행지를 선택하는 경향이 있는 듯하다. 나 또한 어릴 때부터 꼭 가고 싶은 도시들을 미리 점찍어 두었다. 다른 곳은 '가면 좋고' 정도였다면, '꼭 가고 싶어'라고 할 수 있는 곳은 세 곳 정도로 압축되었다. 동화 속 마을이라 불리는 로텐부르크, 디즈니 성의 모델이 된 노이슈반슈타인성, 그리고 학문의 도시 하이델베르크가 그 주인공이었다. 세 도시의 공통점이 있다면 마치 동화 속의 한 장면 같다는 점, 그리고 모두 남부 지역에 있다는 점이다. 애초에 독일 남부 지역을 열심히 돌아다닐 운명이었나 보다.

하이델베르크에는 아름다운 네카어강이 고즈넉하게 흐른다. 강가를 따라 주홍빛 지붕의 건물들이 들어서 있어 어찌 보면 활기찬 중세 도시 같기도 하다. 마을 뒤편 숲속에는 하이델베르크성이 웅장하게 들어서 있다. 숲과 강, 성과 마을을 모두 갖추고 있는 동화 같은 도시. 하지만 하이델베르크는 이보다도 더 멋진 별명을 많이 가지고 있다. 학문의 도시, 대학의 도시, 철학의 도시…. 하나같이 공부와 관련 있는 단어다. 그저 '공부의 도시'라고 칭했다면 왠지 지루하고 딱딱한 도시 같을 수도 있겠는데, 학문이나 철학에 비유하니 오히려 내면의 성장을 이루어낸 지성인의 도시처럼 느껴졌다. 취업의 관문이자 시끌벅적한 대학가로 인식되는 우리나라 대학 문화와 달리 학문을 향한 열망이 있는 곳처럼 느껴졌다. 도시 자체가 학문이자 철학인 도시라니. 하이델베르크에 가면 나도 어엿한 지성인이 될 수 있을 것만 같았다.

하이델베르크는 독일에서 가장 오래된 대학인 하이델베르크 대학이 있는 도시다. 1386년에 건립된 대학으로 지금까지 노벨상 수상자만 55명 배출했다고 한다. 한나 아렌트, 에리히 프롬 등 철학사에 한 획을 그은 철학자도 많이 배출하였다. 이렇게만 이야기하자니 범생이들이 다니는 재미없는 학교쯤으로 여겨질 수도 있을 것 같지만, 하이델베르크 대학의 학생들이 기꺼이 수감되길 원했던 학생감옥 이야기를 들으면 이곳의 반전 매력이 느껴진다. '학생'과 '감옥'이라는 단어가 결합된 이곳은 1778년부터 1914년까지 실제로 학생들을 수감했던 곳이다. 이름만 들어서는 그 시대의 처참한 학생 인권과 관련된 다크투어 여행지인가 싶지만 실상은 그와는 정반대였던 듯 보인다. 과거 독일에서 대학은 치외법권과 같은 권력을 가져 오히려 대학 밖에서 사고 치는 학생들을 규제할 법이 마땅찮았다고 한다. 시민들의 불만이 커지자 대학 측에서 마련한 것이 학생감옥이라고. 재미있는 점은 학생감옥의 풍경이 전혀 침울하지 않아 보인다는 점이다. 감옥의 계단을 천천히 올라가자 오히려 각종 낙서와 그래피티로 경쾌하게 장식된 공간과 만났다. 언제 누가 무슨 연유로 이곳에 수감되었는지까지, 마치 학생감옥에 왔다는 사실이 훈장인 것처럼 으스대듯 적혀 있었다. 일부러 경미한 사고를 치고 학생감옥에 갇혀 보는 일을 신나게 여기는 문화마저 있었다고 하니 그 시절 범생이들조차 그 나이대의 치기 어린 허세에 끌린다는 게 우습고 재미있었다. 명문대학에서 만나는 참 재미있고 독특한 장소다.

학생감옥에서 나와 강 건너편 숲속에 있는 작은 산길로 향했다. 이름도 고상한 이곳은 바로 철학자의 길이다. 하이델베르크 대학을 근거지로 철학을 논하던 학자들이 이 길을 자주 걸었다고 하여 붙여진 이름이다. 평소 철학에 크게 관심이 있었던 것도 아니

OBERIES en!
An den Karzer
O hebe doch holder Gensdarme
Und sing ein Lied dabei,
Hall's auch ne wundersame,
Gewaltige Melodei.
Da endet er sich bitter
Ich rief ihm lächelnd zu:
O sag' Gesetzes Hüter
Wo hast die Handschuh du?
In's Carcer rief kühn das Gesetz
Auf sieben Tage mich dann.
Das hast du mit deinem
Haar! O Karcerer gethan.
1800
STUDENTENKARZER

었으면서 철학자의 길이라고 하니 한 번쯤은 이 길을 걸으며 사색에 빠지고 싶었다. 괴테, 헤겔, 야스퍼스 등 수많은 철학자들이 이 길을 걸었던 것으로 알려져 있는데, 그중 칸트의 경우에는 매일 규칙적으로 이 길을 걸었다는 이야기가 있다. 철학자들의 산책로로 알려졌지만 누구나 이 길을 걸으면 철학자가 된다는 말도 있다. 그만큼 조용히 사색하기 좋은 곳이란 뜻이다. 호젓한 산책길을 좋아하는 나로서는 철학자의 길을 오랫동안 동경해 왔었고, 하이델베르크에 가면 꼭 이 길을 걸으리라 다짐했었다.

오래도록 꿈꿔 왔던 철학자의 길 위로 올랐다. 우거진 나무 아래로 독일 여름의 차분한 햇살과 나뭇잎들이 만든 그림자가 번갈아가며 나타났다. 휴대폰의 지도가 아닌 길 위의 표지판에 의지한 채 한적한 산책길에 올랐다. 길 위의 사색이 나만의 철학이 되길 바라면서. 그러나 철학자의 길을 걷기 위해서는 철학을 논할 자격 이전에 더욱 중요한 한 가지 요건이 있었다. 바로 체력이었다…. 이 길은 예쁘게 말하면 '철학자의 산책로'지만 사실 예쁜 '등산로'에 가까웠던 셈이다. 정확히는 철학자의 길을 산책하려면 우선 산길을 올라야 하는데 마치 끝없는 계단이 나를 부르는 것 같았다. 헉헉… 솔직히 말하면 숨이 차서 사색을 할 여유가 없었다. 사실은 사색하러 온 게 아니고 운동하러 왔었나? 왠지 길이 유명한 것 치고는 사람이 별로 없더라니. 한적한 덴 다 이유가 있나 보다. 건강한 몸에 건강한 마음이 깃든다고 옛날 철학자들은 모두 강철 체력을 가지고 있었던 걸까…

하지만 언젠가 하이델베르크를 다시 찾게 된다면 이 길을 또 한 번 오르리라 생각해 본다. 왜냐하면 숲길을 걸으며 가쁜 숨소리 틈에서도 끊임없이 환성을 질렀기 때문이다. 철학자의 길에서 내려다본 하이델베르크의 정경은 어디에 비할 바 없이 아름다웠다. 푸른 숲속의 성, 동화 속 마을 같은 오렌지빛 지붕들, 유유히 흘러가는 강물까지. 사랑하지 않을 수 없는 풍경이었다. 비록 가쁜 숨을 내쉬느라 철학을 논하지는 못했지만, 두 눈으로 행복을 논할 수는 있었다. 아름답고, 행복했다.

Poland
Slovakia
Hungary
Italy
SALZBURG
CITY OF MUSIC
Salzburg, Austria

낮과 밤의 사운드

Salzburg, Austria

→ 중학생 때였던가, 오래되어서 또렷하게 기억나지는 않지만 음악을 주제로 자유롭게 조사보고서를 써 오라는 숙제가 있었다. 나는 보고서 주제를 '잘츠부르크 음악 여행'으로 정하고 성적에 반영되지 않는 숙제였는데도 온 힘을 다해 즐겁게 썼던 기억이 있다. 대학을 다닐 때도 자유 주제 과제가 있으면 어떻게든 여행지와 엮어 수많은 리포트를 작성했었는데, 더 어릴 때부터도 비슷한 방식으로 숙제했던 걸 보면 오래전부터 머릿속엔 여행과 지리문화 생각밖에 없었나 보다. 잘츠부르크는 그렇게 어릴 적 숙제로 만났던, 살면서 꼭 한번은 가봐야 할 도시로 남아 있었다.

이 도시는 과연 '잘츠부르크 음악 여행'이라는 제목으로 보고서를 써 낼 만한 자격이 있는 도시였다. 잘츠부르크는 음악의 신동 모차르트가 태어나 활동했던 '모차르트의 도시'이자 영화 <사운드 오브 뮤직>

의 도시다. 오스트리아의 수도인 빈도 잘츠부르크 이상으로 음악의 도시로서의 명성을 뽐내는 도시지만, 왠지 모르게 잘츠부르크를 더 꿈꿔 왔던 건 '잘츠부르크'라는 이름이 마음에 들었기 때문이었다. '잘츠부르크'라니. '잘츠'라는 어감이 귀엽게 느껴졌다. 왠지 '왈츠'와 비슷한 듯도 해서 낭만적인 느낌마저 있었다. 알고 보니 독일어로 '잘츠 Salz'는 그저 소금을 뜻하는 단어였고, 단지 잘츠부르크에 암염 광산이 있었기에 지어진 이름이라고 한다. 알고 보니 왈츠와는 전혀 상관없었지만 그래도 여전히 귀여운 이름이라고 생각하고 있다.

어릴 적부터 잘츠부르크를 마음에 품어 왔기 때문일까, 그래서 내심 잘츠부르크는 관광객으로 북적거리겠다고 생각했다. 하지만 7월 말에 방문한 잘츠부르크는 의외의 모습이었다. 도시는 고요하고 한적했다. 내 자리가 있을지 없을지 전전긍긍하며 티켓팅을 해야 할 것만 같은, 분명 그런 유명세를 치를 듯한 도시라고 생각했었는데. 정작 내가 만난 잘츠부르크는 마치 청중 한 명 한 명을 바라보며 클래식을 연주해주는 것처럼 전혀 다급함이 없는 모습이었다. 의외의 한적함으로 나를 반겨주었던 도시 잘츠부르크.

덕분에 이 도시를 마음 편히 누릴 수 있었다. 마음이 다급하지 않으니 걸음걸음은 한결 가벼웠다. 하늘의 색을, 주위의 온도를, 잘츠부르크의 사운드를 하나하나 짚어 가며 걸을 수 있었다.

이 도시에 도착하고 제일 먼저 한 일은 일단 숙소에 체크인한 뒤 빨래방에 들러 밀린 일주일 치 빨래를 돌리는 일이었다. 여행하는 신분이었지만 빨래라는 행위를 하는 순간 왠지 모르게 나 또한 이곳에서 살아가는 사람이라는 느낌이 들었다. 집은 없지만 살림을 해결해야 한다니, 비로소 여행 자체가 일상이 되는 순간이었다. 빨래를 돌려놓고는 바로 옆 케밥 가게에 가서 시간을 때웠다. 일상 아닌 일상이었다.

구름 떼가 하늘을 질주했다. 하늘의 한쪽엔 먹구름이 잔뜩 끼어 있었지만, 이상하게도 반대쪽의 하늘은 투명하게 맑았다. 기묘한 날이었다. 같은 하늘의 색깔이 이렇게나 다를 수 있다니. 구름이 잔뜩 낀 미라벨 정원은 동시에 맑은 햇볕을 마음껏 쬐고 있었다. 먹구름 아래, 신비롭게도 어둡고 밝고 따스한 공간이었다.

미라벨 정원은 17세기에 지어진 미라벨 궁전에 속한 정원이다. 영화 <사운드 오브 뮤직>에서 도레미 송을 불렀던 정원으로 더욱 유명해졌다. <사운드 오브 뮤직>은 많은 사람에게 깊은 인상을 남긴 영화일 테고 내게도 그랬다. 내 기억 속의 <사운드 오브 뮤직>은 초등학교 교실을 배경으로 아련한 추억처럼 남아 있다. 담임선생님께서 교육적 효과와 재미를 동시에 노리고 선정한 영화일 것이다. 1965년에 제작된 뮤지컬 영화, 그리고 174분의 러닝 타임. 만들어진 시기로 보나 긴 러닝 타임으로 보나 밀레니얼 세대인 초등학생에게는 별로 적합하지 않아 보이는데도 교실의 수많은 아이들이 집중해서 영화를 보았던 기억이다. 내게도 이젠 20년 전에 본 영화가 되었지만, 수많은 장면이 아직도 기억에 남아 있는 것을 보면 정말 세기의 명작인가보다. 일곱 아이들이 가정교사로 온 견습 수녀 마리아에게 마음을 열고 함께 정원을 누비며 도레미 송을 부르던 모습은 어린 내 마음을 뭉클하게 만들었다.

미라벨 정원을 나와 모차르트가 거주했던 집의 기념품 숍을 잠시 둘러보았다. 모차르트의 도시답게 온갖 물건에 모차르트의 얼굴을 박아 판매하고 있었다. 만약 모차르트가 화가였다면 모차르트가 그린 다양한 그림이 굿즈가 되었겠지만, 안타깝게도? 모차르트는 음악가였던 탓에 모차르트의 얼굴만 여기저기 박혀있었다. 수많은 얼굴의 향연을 보고 있자니 약간은 기괴하게 느껴지기도 했지만 어찌 되었든 재미있다고 생각했다.

밖으로 나왔더니 그사이 먹구름이 잔뜩 드리워져 있었다. 미라벨 정원에 있던 때와는 달리 하늘은 몽땅 흐려졌고 공기는 서늘하고 어두운 분위기로 바뀌어 있었다. 아직 저녁때가 아니었는데도 그랬다. 잘자흐강을 건너 잘츠부르크 최대 번화가라는 게트라이데 거리로 갔다. 어두워진 거리에 불 켜진 상점가들이 중세풍 간판과 어우러져 오묘한 느낌을 자아냈다. 여름옷을 입고 있는데도 겨울 여행을 하는 기분이 들었다. 마치 연말 저녁이 다가오는 느낌이랄까. 걸음을 서둘러 성당과 교회를 둘러싼 광장을 산책하자 어둑한 밤이 슬그머니 다가오려 준비 중이었다. 날이 쌀쌀해지면서 거리가 점점 휑해졌다. 거리의 조형물을 천천히 둘러보았다. 텅 빈 거리에 마차가 지나갔다.

다시 숙소로 돌아가는 길, 잘자흐강 다리에 서서 잘츠부르크의 풍경을 바라보았다. 짙푸른 색으로 내려앉은 저녁 하늘이 다가올 새까만 밤을 기다리고 있었다. 그 아래 자리한 교회의 우뚝 솟은 첨탑, 성당의 둥근 돔 그리고 이들을 품은 검은 산의 능선, 도시를 가로질러 유유히 흘러가는 강물, 도시를 내려다보는 호엔잘츠부르크성. 마그넷에도 내가 만났던 같은 시간대 같은 장소의 모습이 고스란히 담겨 있다. 마치 이 날 이 시간을 평생 간직하라는 듯이. 다리 위에서 바라보는 이 모든 풍경은 여유롭고 낭만적으로 다가왔다. 밤의 사운드가 들려오는 듯했다. 잘츠부르크에는 음악이 흘렀다.

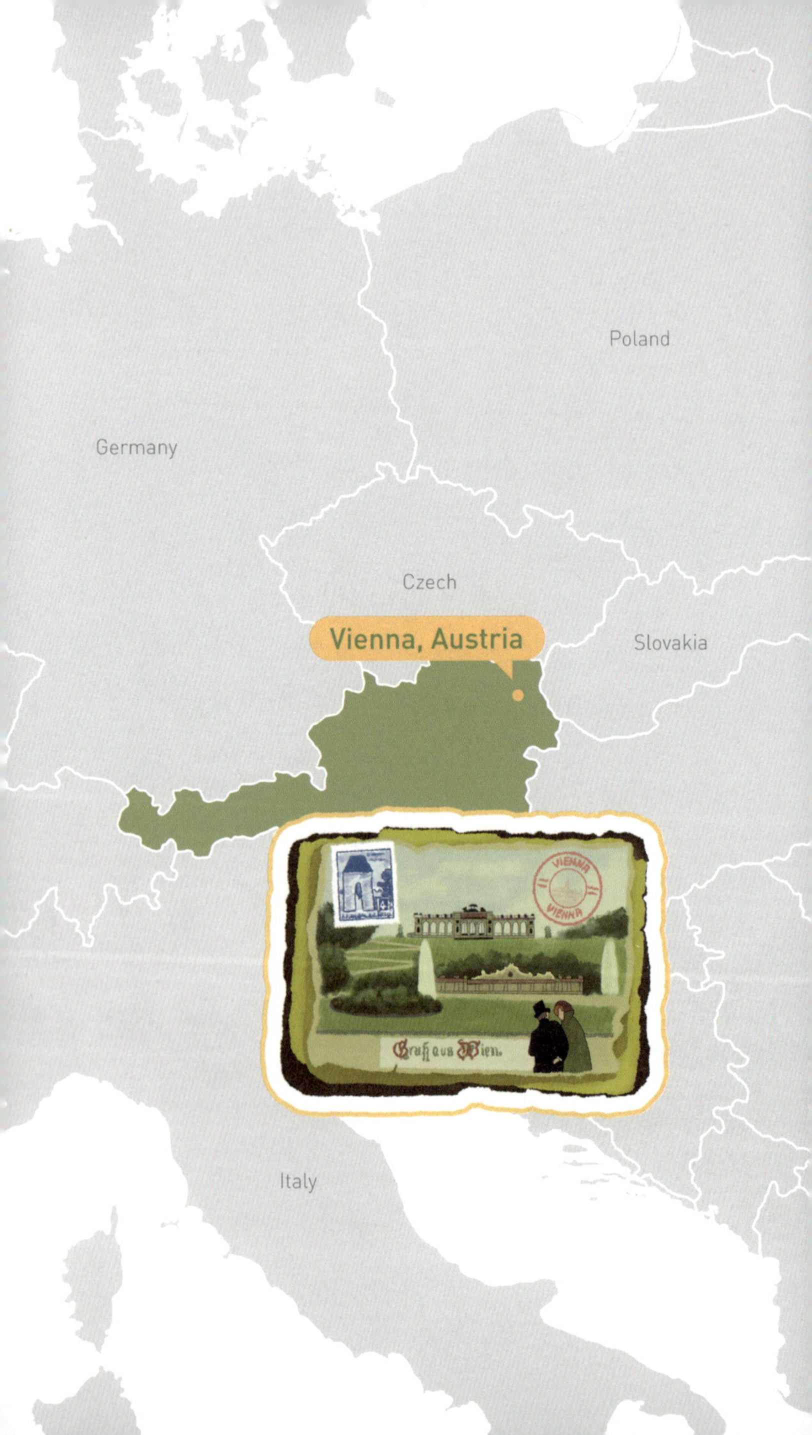

Poland
Germany
Czech
Vienna, Austria
Slovakia
Italy
Gruß aus Wien.
VIENNA
VIENNA

음악이 흐르는 여름밤

→ 오스트리아의 수도, 빈은 딱 하나로 형용하기엔 힘든 도시다. 어릴 적, 대부분의 어린이들이 빈이라는 이름을 처음 접한 것은 아무래도 '비엔나커피'와 '비엔나소시지'였을 것이다. '비엔나'는 빈의 영어식 이름이고, 내게는 왠지 모르게 원어인 독일어 '빈Wien'보다는 영어 이름인 '비엔나Vienna'가 더 멋있게 들렸다. 어감 덕분인지 어린 나에게는 왠지 모를 동경의 대상이기도 했다.

약간 배신감이 느껴지는 이야기를 조금 얹자면 '비엔나'에는 '비엔나커피'가 없다. 흔히 우리가 말하는 비엔나커피는 달달한 커피 위에 휘핑크림을 잔뜩 올린 커피다. 하지만 빈에는 비엔나커피가 없고, 그래도 비슷하다고 할 수 있는 커피는 아인슈페너다. 그러나 그마저도 비엔나커피만큼 달진 않다. 과거 한국 사람들이 빈에서 아인슈페너를 마셔보고 그 맛이 마음에 들어 한국에서 '비엔나커피'라는 이름을 붙여 팔았다는 이야기가 있다. 아마 한국 사람들이 달달한 커피믹스 맛을 좋아하니 현지화 전략을 더해 지금의 우리가 아는 비엔나커피가 탄생한 게 아닐까? 어쨌거나 비엔나에는 비엔나커피가 없다. 게다가 '비엔나'에는 '비엔나소시지'도 없다. 비엔나소시지는 본디 독일 프랑크푸르트에서 소시지를 만들던 정육업자가 빈으로 이주한 뒤 프랑크푸르트소시지에 돼지고기를 첨가해 팔기 시작한 것이 유래라고 한다. 그래서 오스트리아에서는 우리가 아는 '비엔나소시지'를 '프랑크푸르트소시지'라고 부른다. 결국 오스트리아에서는 '비엔나커피'라는 명칭도 '비엔나소시지'라는 명칭도 없는 셈이다.

어릴 적 어른의 단어였던 '비엔나'를 지나 '빈'이라는 도시를 또렷이 인식한 건 영화 <비포 선라이즈>의 영향이 컸다. 1995년에 개봉한 <비포 선라이즈>는 여행을 좋아하는 사람들에겐 이제 고전으로 자리매김한 비포 시리즈의 첫 번째 영화다. 특정 영화 장르보다 세계 각국의 도시를 배경으로 한 영화에 끌렸던 나로서는 중학교에서 고등학교에 올라갈 즈음에 이 영화를 접했는데, 재미있었다기보다는 매우 독특했던 영화로 기억한다. 100분의 러닝 타임 동안 주인공 둘이 조잘조잘 떠드는 장면밖에 없었기 때문이다. 기차에서 만난 셀린느와 제시는 낮에 만나 아침 해가 뜨는 시간까지 그저 이야기를 나눴다. 하루를

함께 여행한 둘의 시간에서 빈은 배경으로서 아름답
게 그려졌다. 그리고 이 영화를 본 사람들이라면 모
두 '어쩌면 나에게도…' 같은 상상을 하게 된다. 그렇
지만 빈을 여행하는 동안 나의 에단 호크는 보이지
않았고, 설사 보였더라도 아마 나는 내향인으로서

나에게 다가오지 말라는 간접 신호를 보내며 철옹성으로 된 벽을 쳤을 것 같긴 하다.

대학을 다니며 온갖 교양 수업을 듣는 재미에 빠져 있을 때쯤에는 빈은 내게 서양 미술사에 큰 획을 그었던 구스타프 클림트의 도시이기도 했다. 독자적인 아르누보 스타일을 구축한 클림트는 금빛으로 반짝이는 모자이크 장식으로 보는 이들을 황홀하게 만들었다. 클림트의 대표작 중에서도 가장 대표작이라고 할 수 있는 <키스>를 벨베데레 궁전에서 직접 만나 볼 수 있었다. 웅장한 바로크 양식을 갖춘 벨베데레 궁전은 현재 갤러리로 사용되고 있는데, 비교적 널찍하고 조용한 관람 환경에서 문화 강국 오스트리아를 대표하는 작품들을 여럿 만날 수 있다.
클림트의 <키스>를 한동안 조용히 관찰했다. 누구에게도 방해받지 않고 작품에 몰입할 수 있는 시간이 내게 주어지자, 반짝이는 금빛과 몽환적인 분위기에 압도되어 한참을 작품 앞에서 머물렀다.

벨베데레 궁전의 갤러리가 빈의 시각예술을 대표하는 곳이었다면 그들의 풍부한 건축예술과 역사유산을 대표하는 곳은 쇤브룬 궁전이다. 합스부르크 황

가의 대표 인물이라 할 수 있는 오스트리아의 국모, 마리아 테레지아가 거주했던 궁전이기도 하다. 프랑스 베르사유 궁전과 자주 비교되는 궁전으로, 로코코 양식의 방과 가구들이 무척이나 화려한 곳이다. 개인적으로 궁전 내부는 베르사유보다 좋았다. 빈을 대표하는 단 하나의 장소를 꼽으라면 높은 확률로 쉰브룬 궁전이 꼽힐 것이다. 자연스레 빈 여행을 추억할 마그넷의 상당수도 쉰브룬 궁전의 모습을 보여주고 있을 확률이 높다. 나는 궁전의 정원이 그려져 있는 빈티지풍의 마그넷을 하나 구입했다. 제국의 영광을 기념하는 건축물이자 현재는 인기 전망대이기도 한 글로리에테가 정원과 어우러지는 풍경이다. 내가 만난 풍경은 관광객들의 여름 정원이었지만, 마그넷 속에서만큼은 영원히 시대적 영광을 누리는 듯 했다.

사실 빈이 이렇게나 수많은 키워드를 가지고 있지만, 빈을 대표할 단 하나의 키워드를 고르자면 역시 '음악'일 테다.

빈의 역사를 톺아보면 이 도시는 정말 많은 문화예술 분야의 역사를 선두에서 이끌어왔다. 합스부르크 황실의 후원을 등에 업고 수많은 음악가들도 이 도시를 중심으로 음악의 역사를 펼쳐왔다. 잘츠부르크가 모차르트와 <사운드 오브 뮤직>을 등에 업은 음악의 도시였다면, 빈은 음악의 나라 오스트리아 자체를 상징하는 도시다. 빈에 비교하자면 잘츠부르크는 사실 음악가의 수로 보나 도시의 규모로 보나 '음악의 마을' 정도의 위치겠다. 그에 비해 빈에서 활동한 음악가는 매우 많다. 베토벤, 하이든, 요한 슈트라우스, 슈베르트…. 그리고 잘츠부르크에서 태어난 모차르트마저 빈에서 대성공을 거두고 짧은 생을 마감했다. 빈을 거점으로 활동한 음악의 거장들 덕에 오스트리아는 세계 음악사의 중심이 될 수 있었다.

빈의 중심지에서 거대한 존재감을 뽐내고 있는 슈테판 대성당을 구경하고 나올 때, 수많은 클래식 콘서트 티켓을 파는 호객꾼이 몰려들었다. 마치 대학로에 가면 "오늘 볼 연극 예매하셨어요?"하고 몰려드는 것처럼, 빈에서는 모차르트 복장을 한 호객꾼이 몰려와 "빈에서 볼 클래식 콘서트는 예매하셨어요?"라며 관광객을 유혹하는 것이다. 클래식을 잘 아는 편은 아니었지만 이왕 빈에 왔으니 클래식 콘서트를 한 번쯤 즐겨보면 좋을 것 같았다. 즉흥적으로 콘서트 티켓을 샀고, 빈 대학에서 열리는 모차르트와 요한 슈트라우스 콘체르트를 보게 되었다. 저렴한 가격에 티켓을 샀는데도 괜찮은 공연을 나쁘지 않은 자리에서 관람했다. 클래식의 우아한 선율이 흘렀다. 음악의 도시 빈에서는 음악이 흐르는 밤을 이렇게 계획도 없이 만나게 된다. 모차르트 복장의 호객꾼에게 감사하게 되는 시간이었다.

사실 티켓을 사서 관람한 콘서트보다도 더 기억에 남는 밤이 있다. 바로 빈 시청사 앞에서 무료로 상연하는 오페라를 목격한 날이다. 빈의 국립 오페라 극장의 공연은 7~8월에만 중단되는데, 대신 이 시기에는 시청사 앞에 야외 대형 스크린을 설치해 매일 밤 오페라를 무료로 틀어준다. 수많은 사람들이 여름밤 시청 앞에 모여 오페라를 관람하는 광경이란. 누구나 이곳에서는 오페라를 맘껏 볼 수 있다. 무료로 즐기기에 이보다 더 우아한 취미가 있을까. 근처 공원에는 활기찬 푸드 마켓이 들어서 있었다. 어른 아이할 것 없이 여름밤을 즐기는 모습이었다. 맥주를 즐기는 어른들과 뛰놀며 웃는 아이들. 빈의 시민들은 매년 여름이 즐겁겠다는 생각이 들었다.

Czech
Slovakia
Germany
Austria
Hungary
Slovenia
Croatia
Serbia
Venice, Italy
VEÑEZIA

베네치아에서는 길을 잃어도 좋아

→ 이탈리아 본토에서부터 바다 위를 달려 온 기차와 자동차는 베네치아 본섬에 닿자마자 걸음을 멈춘다. 이제부터는 바퀴달린 것들의 행진을 허하지 않는다. 120여 개의 섬이 허락하는 것은 오로지 걷거나 혹은 배를 타거나. 400여 개의 다리가 운하 위를 장식하고 있으니 섬과 섬을 잇는 베네치아 여행은 튼튼한 두 다리를 믿어야 한다.

베네치아는 마치 길을 잃으라고 만든 도시 같다. 작은 섬과 섬을 둘러싼 수많은 수로, 그리고 조그마한 섬 안에서도 제 마음대로 수놓인 골목길들. 분명 대운하만 따라가면 될 것이라고 생각했는데, 건물 사이 숨겨진 작은 운하나 골목길의 유혹에 이끌려 정신을 차려보면 매번 경로에서 이탈해 있곤 했다. 관광객들이 몰려있는 길에서 바로 한 골목만 뒤로 들어가도 고요한 세계가 펼쳐져 있었다. 물의 마법을 부리는 사람들이 사는 세계에 몰래 들어온 기분이다. 항상 작은 배를 타고 다니며, 어쩌면 집 안에도 항상 물이 들어찼다 나갔다 하는, 왠지 손바닥에 모든 기를 모으면 물기둥을 뿜을 수 있을 것 같은 사람들이 사는 세계.

베네치아 본섬에는 약 4만 8,000명의 주민들이 살고 있는 반면, 하루에 베네치아를 찾는 관광객은 약 7만 명이라고 한다. 정확히는 비수기에는 3만 명, 성수기에는 11만 명까지도 간다고. 그러니 베네치아에서 마주쳤던 사람의 절반 이상이 관광객이겠지만, 분명 골목 뒤에서는 삶을 이어 가고 있는 이들이 존재했다. 그들은 신비로운 물의 도시를 터전으로 살아가며 관광객의 길에서 살짝 벗어난 여행자에게만 그들의 이야기를 보여주었다.

하필이면 때마침 이탈리아에서 쓸 수 있는 유심이 없어 휴대폰으로 내 위치를 전혀 확인할 수 없는 상황이었다. 당시의 나는 호기롭게도 구글맵이 없어도 길을 찾을 수 있을 것이라 판단했다. '난 지도 보는 데는 자신 있으니까, 아날로그 지도로도 괜찮지 않을까?' 하지만 완전한 오판이었다. 베네치아를 너무 얕봤다. 네모반듯한 길이 아닌 제멋대로 생겨먹은 길에서 한번 방향을 잃으면 다시 방향을 찾기란 상당히 어렵다. 베네치아가 딱 그런 곳이었다. 제멋대로 생겨먹은 길. 역설적이게도 그 덕분에 아주 마음껏 베네치아에서 길을 잃을 수 있었다.

길 찾기를 포기하며 손에서 지도를 놓으니 오히려 길이 보이는 마법이 일어나기 시작했다. 물의 요정

이 갑자기 나타나 나의 길을 알려 주는… 그런 환상
적인 일이 일어난 것은 아니고, 바로 표지판이었다.
이쪽으로 가면 리알토 다리가 있다고 알려 주는 표
지판이 눈에 들어왔다. 리알토 다리를 찾는 데 성공
하고 얼마지 않아 또다시 길을 잃었을 즈음, 다시 표
지판의 신이 나타나 길을 알려 주었다. 이번에는 저
쪽으로 가면 산마르코 광장이 나온다고. 그렇게 나
는 최종 목적지인 산마르코 광장까지 무사히 도착할
수 있었다. 스마트폰 없이 아날로그의 힘으로만 말
이다. 베네치아는 마음껏 길을 잃어도 원하는 목적
지에 닿을 수 있는 마법의 도시였다.

베네치아에서 길을 잃는 것이 좌표 잃은 방랑이 아
닌 설레는 모험 같았던 이유에는 여러 가지가 있었
다. 나만의 아름다운 운하를 발견했다는 기쁨, 물과
더불어 살아가는 삶의 정취, 그리고 베네치아다운
것들로 무장한 가게들을 구경하는 재미가 컸다. 베
네치아의 거리에는 장인들의 솜씨가 돋보이는 공예
품이 사람들의 시선을 사로잡고 있었다. 그중 단연
코 가장 눈에 띄는 것은 카니발 가면이었다. 가면이
어찌나 화려하고 독창적인지 디자인을 구경하다보
면 시간이 절로 갔다. 과거 베네치아에서는 가면을

쓰는 것이 유행한 때가 있었고, 치안에 좋지 않다고 판단되면서 가면 착용이 금지되었다고 한다. 지금은 2월의 카니발 축제 시즌에 한해 모두가 가면을 쓰고 축제를 즐기는 문화로 남았다. 아쉽게도 카니발 시즌에 방문한 것은 아니어서 슬쩍 가면을 써보곤 가격표를 한번 보고 다시 제자리에 돌려놓는다. 가면처럼 큰 짐을 들고 다닐 자신도 없었다.

하지만 부피로 보나 가격으로 보나 만만한 가면도 존재한다. 바로 가면 마그넷이다. 베네치아 곳곳에는 관광 기념품을 파는 노점상이 많은데, 가면 마그넷은 어디서나 빠지지 않는 아이템이다. 마그넷 수집가라면 베네치아의 가면을 외면할 수 없을 것이다. 랜드마크 위주로 꾸며진 다른 도시의 마그넷과는 확연히 차별화된 디자인이다. 세계 각국의 마그넷을 한꺼번에 모아놓고 봐도 단연코 가장 존재감이 크지 않을까? 나는 마치 내가 쓸 가면을 고르는 것처럼 신중하고 동시에 행복한 고민에 빠졌다. 독특한 새부리 모양의 페스트 흑사병 의사 가면을 살까? 아냐, 페스트 가면은 조금 심각해보이니까 조금 더 가볍게, 카사노바 가면을 살까? 아니면 광대 모양은 어떨까? 고민하다 결국 클래식이 답이라며 제일 흔한 디자인 중에 마음에 드는 색깔을 하나, 아니 두 개 골랐다. 차마 하나로는 만족할 수 없었던 탓이다. 게다가 베네치아는 세계에서도 손꼽히는 압도적 개성을 가진 물의 도시가 아닌가? 여기까지 와서 가면만 사가자니 마음 속 깊은 곳에서 '그건 아니지'하는 목소리가 울려 퍼졌다. 결국 못 참고 베네치아의 운하가 그려진 마그넷을 하나 더 골랐다.

베네치아는 '1도시 1마그넷'의 규칙을 과감하게 깨뜨리는 도시다. 마음 같아서는 카니발 가면 컬렉션을 따로 만들고 싶을 정도다. 마그넷 수집가들은 절제할 것인지 혹은 카니발 가면 컬렉션을 따로 만들 것인지 먼저 마음을 정한 뒤 베네치아로 떠나시길. 그러나 어떤 마음가짐으로 떠나든 베네치아에서는 환상의 마그넷 로드가 펼쳐질 것이다.

SPECIALE
x 8 €
x 15 €
1 X 2 €
3 X 5 €
7 X 10 €
VENEZIA
I ♥ VENEZIA
VENEZIA

Germany
Czech
Austria
Switzerland
Firenze
Il Duomo
Florence, Italy

두오모에 오르면

Florence, Italy

→ 나에게 있어 피렌체는 영화 <냉정과 열정 사이>의 잔상으로 남아 있는 도시다.

"피렌체의 두오모는 연인들의 성지래. 영원한 사랑을 맹세하는 곳. 언젠가 함께 가 줄래?"

아오이는 준세이에게 말했다. 자신의 서른 살 생일이 되면 피렌체의 두오모에 함께 가자고. 그리고 10년이 흘렀다. 그들의 약속은 옛 연인과 나눈 지나간 말장난이 될 수도 있었지만, 두 사람은 약속을 기억했고 기적과도 같이 아오이의 서른 살 생일에 두오모의 쿠폴라에서 재회한다. 두 사람의 눈이 마주치고 곧이어 댕댕댕 울리는 성당의 종소리, 스크린의 시선은 두 사람에게서 성당으로 그리고 피렌체 전체로 확장된다. 토스카나의 햇살을 받아 노랗게 물든 색감, 하늘에서 내려다본 피렌체의 붉은 지붕. 영화 속 피렌체는 환상 그 자체였다. 훗날 피렌체에 간다면 아오이와 준세이처럼 꼭 두오모의의 쿠폴라에 올라야지, 하고 생각했다. 오랜 꿈이었다. 언제나 <냉정과 열정 사이>의 OST 앨범을 들으면 여러 가지 감정에 벅차오른다.

찬란한 르네상스 시대를 이끌었던 피렌체에는 여전히 그 시대의 영광이 곳곳에 머물러 있는 듯하다. 도시 곳곳에는 여전히 유서 깊은 성당이 역사를 이어가고 있고, 메디치 가문의 후원에 힘입어 찬란하게 꽃피웠던 르네상스 시대의 예술은 거리와 미술관에서 여전히 살아 숨 쉰다. 광장에는 예나 지금이나 많은 사람들이 자유로움을 만끽하고 있다. 유유자적 흘러가는 아르노강 위에는 700년의 역사를 가진 다리가 도시의 일부처럼 들어서 있고, 미켈란젤로 광장에 오르면 피렌체의 붉은 지붕을 더 붉게 물들이는 석양이 펼쳐진다. 아름답다, 정말 아름답다. 피렌체는 정말이지 사랑할 수밖에 없는 도시다.

그중에서도 피렌체의 중심이자 피렌체의 상징과도 같은 곳이 바로 두오모다. 이탈리아어로 두오모는 곧 대성당을 뜻한다. 흔히들 피렌체 대성당을 그냥 두오모라 부르지만 사실 두오모의 본명은 따로 있

다. 산타 마리아 델 피오레Santa Maria Del Fiore. '꽃의 성모 마리아'라는 뜻이다. 피렌체의 영문명 또한 플로렌스Florence 인데, 꽃의 도시라는 뜻을 가지고 있다. 피렌체를 여행하면서 꽃구경을 한 기억은 딱히 없지만, 이상하게도 피렌체가 꽃의 도시라는 데에는 수궁이 간다. 커다란 빨간 지붕 돔을 가진 두오모와 그와 어우러지는 붉은색 도시 풍경이 마치 하나하나의 꽃송이 같기 때문일까.

<냉정과 열정 사이>의 두 사람이 올랐던 쿠폴라는 성당의 돔을 뜻한다. 두오모의 쿠폴라는 1436년 브루넬레스키가 완성한 지름 42m의 8각형 돔으로 당시의 건축 기술로는 기적과도 같은 작품이었다. 모두가 안 될 것이라고 했지만 브루넬레스키가 해낸 것이다. 기술력과 예술성을 동시에 갖춘 시대의 걸작이었다. 세월이 흘러도 여전히 아름다운 그 모습 덕분인지 연인과 함께 쿠폴라에 오르면 사랑이 이루어진다는, 마치 꽃의 도시다운 소문이 돌았던 모양이고 이는 결국 <냉정과 열정 사이>로까지 이어졌다. 영화를 본 사람들은 모두 마음 한 켠에 쿠폴라를 담아 두었을 거다.

하지만 쿠폴라는 그리 가볍게 닿을 수 있는 대상은
아니었다. 쿠폴라에 오르고 싶어 하는 사람에 비해
수용 인원이 그리 많지 않기에 현장에 도착하고 보
니 예약이 필요했다. 분명 영화에서는 매우 한적한
풍경이었건만, 과연 영화는 그저 영화였다. 피렌체에
3박 4일의 여행일정을 둔 나는 첫날에 도착하자마자
쿠폴라에 올라갈 수 있는 가장 빠른 시간을 예약했
는데, 바로 마지막 4일 차의 오픈 시간대였다. 정오에
로마로 떠나는 기차를 탈 예정이었으므로 까딱하면
쿠폴라에 오르지도 못할 뻔했다. 현실은 나처럼 집념
이 강한 여행자만이 들어갈 수 있는 곳이었다.

그렇게 피렌체의 4일차 아침, 쿠폴라로 올라가는 줄
을 섰다. 쿠폴라에 올라갈 수 있는 권한을 얻은 것은
1차 관문, 이제 2차 관문으로는 463개의 계단이 기
다리고 있었다. 쿠폴라로 향하는 계단은 매우 좁고
어두우며 끝이 없는 나선형이어서 당최 어디까지 왔
는지 인식하기가 어려운데다 가장 중요한 것은 힘들
어도 쉬어갈 공간이 없다는 점이다. 뒤에서는 사람
이 계속 올라오고 있는데 계단은 겨우 1명이 오를 수
있는 너비니 나같이 저질 체력을 가진 사람들은 울
며 겨자 먹기로 죽을힘을 다해 올라가야 한다. 그렇

게 사투에 가까운 발걸음을 딛은 후 드디어 쿠폴라에 올랐다. 영화 속 아오이와 준세이가 재회했던 바로 그곳. 하지만 감격은 일단 두 번째 일. 숨부터 골라야 한다. 숨이 어느 정도 돌아오면 사진을 찍느라 바쁜 사람들을 뚫고 내가 있을 자리를 찾아야 한다. 아아, 영화는 정말 영화구나! 영화에서는 아오이와 준세이가 정말 한적하고 로맨틱한 분위기에서 재회하던데, 현실은…. 음, 그렇다. 현실에서는 쿠폴라에 올라도 사랑이 이루어질 가능성은 높지 않아 보인다. 사람이 많아서 로맨틱함과는 거리가 있고, 일단 나 같은 사람은 숨을 헐떡이느라 연인에게 그다지 매력적인 모습을 보여줄 수 없을 것 같다. 영화 속 준세이는 정말 평온한 얼굴로 쿠폴라에 입성하던데…. 그렇지만 쿠폴라에서 내려다본 피렌체의 풍경만큼은 진짜였다. 영화는 그것만큼은 거짓말을 보태지 않았다. 너무나도 아름답고 황홀했다. 숨차게 올라간 보람, <냉정과 열정 사이>의 쿠폴라에 올라왔다는 성취감, 붉은 지붕이 수놓인 도시의 풍경, 이 모두가 피렌체가 주는 선물이었다.

VIA DEL MARTELLO
PISAMO S.p.A.
BIGLIETTO
TICKET
P

2부　　　　조용한 사색 ≫

혼자 걸어야만 알 수 있는 순간들이 있다. 볕의 따스함과 계절
따라 흘러가는 공기가 살결에 닿는다. 오롯이 순간을 감각한다.
나의 생각과 감정과 육신만이 이곳에 존재한다. 좋아하는 것과
하고 싶은 것에 집중하는 시간들은 오로지 나로서 존재할 수 있
는 시간이다. 나와의 시간 속에서 나는 더욱 단단해진다.

U.K.
Netherlands
Belgium
Giverny, France
Spain

GIVERNY

여름 색깔 모네의 정원

Giverny, France

→ **여름이었다.** 지금 진지하다.

인생을 쌓아온 기억들 중 가장 아름답고 동시에 가장 아련한 여름의 풍경을 떠올려 보자면, 무수히 많은 여름 풍경 속에서 모네의 정원이 햇살 닿은 초록 빛깔로 떠오른다. 인상파의 거장 클로드 모네는 86년의 인생에서 삶의 절반인 43년을 파리 근교의 작은 마을 지베르니에서 보냈다. 물에 비친 빛을 포착하여 순간적인 인상을 색채로 남기는 데 능했던 모네는 지베르니에 아름다운 집을 구하고 자신만의 수상정원을 지었다. 모네가 남긴 250여 점의 《수련 연작》은 이곳에서 탄생했다. 지베르니로의 방문은 바로 모네의 집과 정원으로 초대받는 순간이다.

모네가 살던 2층 집은 부유하면서도 호젓한, 그야말로 모두가 꿈꾸는 전원생활의 상징 같았다. 외벽은 분홍색이 중심을 이루고 창틀이나 계단, 벤치 등은

쨍한 초록색으로 칠해져 있었지만 신기하게도 이 두 가지 색깔이 매우 조화롭게 느껴졌다. 집 안은 더욱 사랑스럽다. 모네가 실제로 사용했던 가구를 그대로 두고 모네의 복제 그림도 걸어 두어 정말이지 모네가 잠시 자리를 비운 사이 몰래 그의 집에 들어온 게 아닐까 싶을 정도였다. 게다가 누가 화가의 집 아니랄까봐 공간마다 확실한 색깔을 가지고 있었다. 푸른 색감의 방에는 보태니컬 천을 사용한 커튼과 소파가 포인트 장식으로 어우러졌다. 정원을 아름답게 가꾸어둔 만큼 정원 풍경을 감상할 수 있는 창가도 아름답게 꾸며놓았다. 벽에는 모네가 열정적으로 수집해온 우키요에 일본에서 에도 시대에 유행한 판화가 걸려있었다. 꽃무늬 벽으로 장식된 침실은 또 어땠는지. 평소에 꽃무늬 벽지라면 기함하는 편인데도 모네 집의 꽃무늬는 과연 너무나도 세련되고 조화로웠다. 원룸 꽃무늬와는 다른 존재였다. 레몬 컬러의 응접실은 화사한 봄 같았고, 푸른 타일의 부엌은 청량한 지중해 같았다. 남의 집 구경이 이렇게 흥미로울 수 있다니.

집 구경만으로도 즐거운 방문이었지만 여전히 모네의 집 하이라이트가 남아 있다. 여름의 햇살이 가득한 모네의 정원으로 발걸음을 옮겼다. 모네는 그림

>>

에만 능한 게 아니라 원예 실력도 매우 출중한 인물이었다. 모네의 정원은 개인주택에 달린 정원이라기엔 꽤나 넓어서 '이 넓은 정원이 다 모네의 정원이란 말이야?'라는 의문이 절로 생길 정도인데, 정원사를 여러 명 고용했음에도 모네 스스로도 정원사 일을 함께 했다고 한다. 정원을 디자인하고 물길을 끌어와 연못을 만들고 수련을 심은 것도 모네 자신이었다. 그러니 얼마나 정원에 대한 애착이 깊었을까? 그렇게 모네의 사랑을 듬뿍 받은 정원은 100년의 시간이 흐른 지금도 여전히 계절의 흐름에 따라 꽃과 나무가 가득하다.

내가 방문한 7월의 정원은 색색의 꽃들로 경쾌한 풍경이었다. 노란빛 루드베키아, 보랏빛 산수국, 주홍빛 백합, 분홍빛 수수꽃다리…. 꽃들이 보여줄 수 있는 모든 색깔이 모여 있었다. 여름의 햇살을 받은 나무와 수풀은 어찌나 반짝이는지 초록빛 위에 황금 햇살이 얹혀 노랗게 빛났다.

모네가 가장 사랑했을 수련이 가득한 연못에 도착했다. 초록이 드리워진 연못 위로 풍성한 수련 무리들이 곳곳에 군락을 이루고 있었다. 와아… 수련만 250

94

여 점을 그린 인생이란 어떤 삶이었을까? 혹시나 지겹지는 않았을까 싶었는데, 수련이 가득한 연못을 보는 순간 모네가 왜 인생의 후반부를 《수련 연작》에 몰입할 수 있었는지 직관적으로 깨달을 수 있었다. 모네가 표현하고 싶었던 수련이 여기에 있었다. 빛에 따라 시시각각 변하는 수련이. 모네가 좋아했던 초록색의 일본풍 다리에 올라 한참 동안 연못을 감상했다. 아, 이런 풍경이라면 한평생 수련만 그리고 싶을 법도.

모네의 집과 정원을 구경했다면 마지막 코스가 하나 더 남았다. 바로 이 시간과 공간을 기억해 줄 기념품 구매다. 출구 옆에는 모네의 그림으로 가득한 기념품 숍이 있는데, 이 공간 또한 모네가 실제로《수련 연작》을 작업했던 아틀리에라고 한다. 모네의 그림은 물론, 모네의 집을 그대로 본뜬 미니어처나 모네의 부엌에서 보았던 식기 세트까지 갖춘 완벽한 기념품 숍이다. 수련 그림이 담긴 캔버스를 하나 사고 싶었지만 일단 참았다. 몇 년 전 일본의 오하라 미술관에서《수련 연작》 중 하나를 보고 미니 액자를 구입한 적 있기 때문이다. 앞으로의 일정을 고려해 과한 기념품은 생각하지 말자고 자신을 설득했다. 그래, 역시 마그넷이 답이었다. 고민 끝에 모네의 집과 일본풍 다리가 새겨진 귀여운 마그넷을 하나 골랐다. 핑크빛으로 화사하게 물든 모네의 집과 7월의 축복을 받은 풍성한 정원을 언제든지 되새길 수 있도록. 덕분에 언제 어디서나 마그넷을 보면 모네의 집과 정원에서 만난 초록빛 여름이 생각난다. 맞아, 그랬었지. 정말 아름다운 여름이었다.

Poland
Germany
Prague, Czech
Praha
Slovakia
Hungary
Croatia
Bosnia
and
Herzegovina
Italy

자기만의 방

Prague, Czech

→ 버지니아 울프는 『자기만의 방』에서 여성이 소설을 쓰기 위해서는 연간 500파운드의 돈과 자기만의 방이 필요하다고 했다. 그리고 나, 서지선은 여행자가 지치지 않고 여행을 하기 위해서는 많으면 많을수록 좋겠지만 적어도 큰일 나지는 않을 만큼의 돈과 자기만의 시공간이 필요하다고 말해 보겠다. 장기여행 이야기라면 빠질 수 없는 이야기. 그렇다. 나는 지금 함께 여행하던 친구와 싸워서 골난 상태다. 혼자만의 시간과 공간이 필요하다며 숙소 문을 박차고 나섰다. 당연히 기분이 좋지 않은 상태였지만 이상하게도 왠지 모를 해방감이 올라왔다. 어라? 오늘 하루 내 마음대로 보내도 되는 건가? 나쁘지 않은데?

친구는 편한 존재지만 결국 나 자신과는 다른 타인인 것이고, 타인과 열흘 가까운 시간을 함께했으니 당연히 혼자만의 시간이 필요한 시기였다. 다른 이와 함께하는 나 자신도 좋지만 내가 오직 나답게 있을 수 있는 편안한 시간 또한 어느 때보다 절실했다. 함께하는 여행이란 아무리 짝짜꿍이 잘 맞는다하여도 숙소 선정부터 식사 메뉴 선택까지 모든 사항이 두 사람의 합의에서 나온 결정일 수밖에 없다. 반면 혼자 하는 여행은 모든 것이 나의 기분과 취향에 따른 나의 선택이다. 세상에서 오롯이 나만을 고려한 선택을 내리다 보면 나 자신과 친해진 기분이 든다. 게다가 나는 내향형이자 동시에 독립적인 성격을 가진 인간 부류. 나는 주기적으로 혼자만의 시간이 필요한 사람이었고, 결국 다툼에서 시작된 고립의 시간이 재충전의 시간이 된 것이다. 오롯이 나만을 위한 시공간이 열렸다.

처음으로 벌인 일탈 아닌 일탈은 숙소 근처의 비스트로 방문이었다. 아기자기한 인테리어에 카페처럼 가벼운 분위기인 장소를 발견하고 냉큼 가게 안으로 들어갔다. 카페라테와 채소 수프, 마찬가지로 채소가 들어간 햄버그를 시키고 아주 흡족하고 여유롭게 혼자만의 늦은 아침을 즐겼다. 이렇게 채소를 강조하는 이유는 친구가 육식파였기 때문에 함께 여행하는 동안 채소 섭취가 부족했기 때문이다. 나는 어떤 음식을 먹든 상관이 없는 사람이라고 생각했지만,

알고 보니 주기적인 채소 섭취가 꼭 필요한 사람이었다. 나는 채소가 메인인 식단을 먹으며 기쁨을 느꼈다. 오늘은 채소를 잔뜩 먹어야지! 하면서.

두 번째 일탈은 땡볕 산책이었다. 유럽에서도 이상 고온이 지속되던 시기였고, 프라하의 낮 기온은 33℃까지 올랐다. 친구와 함께였다면 아마 망설임 없이 대중교통을 탔을 테지만 채소를 잔뜩 먹은 나는 기분이 좋았고 땡볕도 얼마든지 걸을 수 있을 것이란 자신감이 솟았다.

'오늘 하루는 대중교통을 이용하지 말고 두 발로 프라하를 한 바퀴 돌아야지.'

날이 더워 길거리에는 사람이 거의 보이지 않았는데, 개의치 않고 블타바강을 건넜고 씩씩한 발걸음으로 도심까지 걸어갔다. 길거리 풍경 하나하나가 눈에 들어왔다. 눈앞의 풍경을 마음속으로 섭취하듯 곱씹는 것은 혼자 여행하는 자들의 특권이다.

세 번째 일탈은 바로 스타벅스 방문이었다. 스타벅스가 어떻게 일탈이냐 물을 수 있겠지만 일탈이 맞

다. 다른 사람과 함께라면 이렇게 행동하지 못했을
것이다. 왜냐하면 나는 이날 스타벅스에서만 4시간
을 죽치고 앉아있었기 때문이다. 한국에서는 스타벅
스를 선호하지 않는데 유독 유럽의 스타벅스는 마음
의 고향과도 같은 안정감을 준다. 그도 그럴 게 이곳
은 빵빵한 에어컨이 제공되고 무제한 와이파이와 눈
치 보지 않고 쓸 수 있는 콘센트가 있으며 한국인들
의 생명수와도 같은 아이스 아메리카노까지 마실 수
있는 곳이다. 평소에도 오래 앉아있는 걸 잘했고 혼
자 있기를 좋아했기 때문에 혼자서 열심히 멍도 때
리고 밀린 SNS도 정리하면서 원하는 만큼 시간을

누렸다. 누군가의 눈치를 읽은 뒤 '이제 그만 이동할까?'하며 말 걸어야 할 대상이 없어서 좋았다.

네 번째 일탈은 쇼핑몰에 있는 식당에 들어가 채소가 메인인 커리를 시킨 것. 그렇다. 또 채소다. 나는 지금 채소에 대한 원한을 풀고 있는 중이었다. 태양의 고도가 조금씩 내려가고 도시의 열기가 식을 때 즈음 드디어 구시가지 광장으로 들어섰다. 다른 관광객들과 함께 정각에 울리는 구시청사의 천문시계를 구경하고 프라하의 상징인 두 개의 첨탑이 있는 틴 성당도 구경하면서 시간을 보냈다. 광장에서 공연하는 사람이나 관광객을 구경하는 것도 재미있어서 웃음이 나왔다.

구시가지를 돌아다니며 가게를 구경했다. 온갖 상점을 기웃거리는 것도 내 취미 중 하나인데 아무래도 일행이 있으면 원하는 만큼 구경하는 데에 시간을 쓰지 못한다. 기념품 숍을 꼼꼼히 살펴봤다. 물가가 저렴해서 프라하엔 아주 값싼 마그넷이 많았고, 정말 행복한 표정으로 저렴하고 예쁜 마그넷을 골랐다. 구시가지 광장과 주요 건축물들이 한 컷에 예쁜 수채화처럼 들어있었다. 저렴한 가격이지만 규격도

재질도 그림도 전혀 싸구려처럼 보이지 않아 이렇게 흡족할 수가 없었다.

저녁 무렵엔 발걸음 닿는 대로 꼬불꼬불한 길을 걸어가 보았다. 체코 맥주가 그렇게 저렴하고 맛있다기에 생맥주를 마실 수 있는 장소를 찾아보았지만, 광장 가까운 곳은 엄청나게 붐벼서 그 사이에 끼여 맥주를 마시는 내가 상상되지 않았다. 그렇게 점점 밖으로 돌다 한적하고 인테리어도 아늑한, 마음에 쏙 드는 펍을 발견했다. 오랜만의 혼술이었고 이날의 분위기는 너무나도 완벽했다. 혼자 온 손님에게 맞는 적당히 조용한 무드, 저렴한 생맥주 값, 그리고 최고로 맛있었던 필스너우르켈과 코젤 맥주. 이때

냉전 중인 친구에게서 화해를 요청하는 메시지가 왔다. 숙소에서 이야기를 나누고 싶다고 했다. 숙소로 돌아가는 길엔 혼자서 카를교의 야경을 즐겼고 1시간 가까이 혼자만의 밤길을 걸었다. 사실 혼자서 밤길 걷기는 추천하지 않는다. 인적이 드물어 정말 무서웠다.

종합해보면 너무나도 멋진 날이었다. 혼자만의 시간을 충분히 가졌고, 재충전 후 다시 함께할 힘을 얻은 것이다. 내가 혼자 걷는 길을 사랑한다는 것을 다시 한 번 깨달았고, 동시에 함께하는 여행의 소중함도 되새겼다. 그리고 함께 '잘' 여행하기 위해서는 앞으로 어떻게 행동해야 하는지도 알게 되었다. 그러니 이 하루는 정말 소중한 날이었다.

여담으로 친구는 이날 혼자 여행을 해보니 재미가 없었다고 했다. 음, 누구에게나 혼자만의 시간과 공간이 필요했던 건 아니었나보다. 혼자서 쓸쓸한 시간을 보낸 친구에게는 다음 날 내가 발견한 펍을 소개해 주며 나의 죄를 갚을 수 있었다.

Belarus
Poland
Ukraine
Szentendre
Szentendre, Hungary
Austria
Budapest, Hungary
Budapest
Romania
Slovenia
Croatia
Bosnia and Herzegovina
Serbia
Bulgaria
Montenegro
Italy
Albania

부다페스트의 일주일

Budapest & Szentendre, Hungary

→ 일상 속 주말 같은 일주일을 보냈다. 직전 2주 간 함께 여행한 친구와는 부다페스트에서 인사를 나눴고, 나는 이곳에 더 체류하기로 결정하면서 부다페스트에서 일주일 넘게 머무르게 되었다. 부다페스트에서의 시간을 어떻게 보내야 할까 고민해보았더니, 역시 이제는 동네 나들이를 하듯 편하게 여행하고 싶어졌다. 그동안은 스케줄을 해치우듯 바삐 여행했기 때문이다. 나에게는 더 이상 도시를 이동하며 온종일 돌아다닐 체력도 금전도 없었다. 친구와 함께 묵었던 에어비앤비에서 저가 호스텔로 숙소를 바꿔 일주일 치 숙박료를 결제했다. 6박에 72유로밖에 하지 않는 파격적인 금액이었다. 가격이 싼 만큼 숙소 침대에서는 통신이 잡히지 않았으며, 알고 보니 침대에 빈대가 서식해서 수십 방 물렸다는 비하인드가 있다. 그러다 보니 부다페스트에 머무는 동안엔 그날 아침에 눈을 뜨고 나서야 비로소 '오늘 뭐하지?' 생각하는 하루가 이어지고 있었다. 몇 시에 일어나야 한다는 스스로의 규칙도 없어

서, 같은 방을 쓰는 사람들이 모두 나가고 해가 중천에 떴을 때야 눈을 비비며 일어나 첫 끼로 점심을 먹으러 가기도 했다.

삶과 여행의 경계가 모호해지는 순간을 좋아한다. 나는 일본에서 교환학생으로 1년 넘게 체류한 적이 있고, 몰타에서도 어학연수를 겸해서 몇 개월을 보냈다. 해외에서 잠시나마 내 집이 있고 일상을 누릴 수 있다는 것은 무척이나 신선하고 즐거운 경험이다. 여행 중에 이런 기분을 내기는 쉽지 않지만, 일주일 정도 같은 숙소를 잡고 시간을 보낸다면 숙소가 마치 집처럼 느껴지기도 한다. 하루를 마치고 돌아갈 즈음엔 무의식적으로 '이제 집으로 돌아갈 시간'이라고 생각하기도 한다.

고작 일주일이지만 단골 가게들도 생겼다. 점심이면 찾게 되는 야외 테라스가 예쁜 비스트로, 굴라쉬 수프가 맛있는 펍, 영혼의 베트남 쌀국수 집, 단골 카페 같은 곳이다. 일주일 동안 최소 두세 번은 찾아갔으니 이 정도면 단골집인 셈이다. 다음 스케줄을 생각하지 않고 주문한 메뉴가 언제 나올까 전전긍긍할 필요도 없이 느긋하게 원하는 만큼 머물렀다. 새로

운 도전보다 이미 익숙해진 즐거움을 다시 찾는 기쁨이었다.

온종일 먹고 쉬기만 한 것은 아니다. 부다페스트는 볼거리가 없는 편은 아니지만 그렇다고 또 꼭 봐야 할 명소들이 많은 편도 아니어서, 여행 초반에 어부의 요새나 마차시 성당, 국회의사당이 내려다보이는 두나강 뷰 구경과 부다 왕궁 산책을 끝내고 나니 다른 곳들은 그날의 기분에 따라 선택적으로 산책을 다닐 수 있었다. 숙소를 기준으로 동서남북 다른 방향으로 걸어가 보고는 했다. 어느 날에는 잠깐 친구

처럼 지낸 같은 방 동행을 따라 부다페스트의 가장 핫한 펍과 클럽을 돌아다니기도 했고, 또 다른 날엔 세체니 온천에 가서 신나게 물놀이를 하기도 했다. 물놀이라고 표현한 이유는 우리가 흔히 생각하는 온천이라기보다는 워터파크 같은 분위기에 조금 더 가까웠기 때문이다. 세찬 바람이 부는 어느 밤엔 혼자서 국회의사당의 끝내주는 야경을 보겠다며 두나강 위의 세체니 다리를 왕복했다. 적막 같은 밤하늘에 노란 조명과 세찬 강바람만이 존재하는 세상이었다. 부다페스트의 시그니처 야경이었다. 이날 만난 까만 밤과 황금빛 조명은 내가 가진 마그넷에 고스란히 담겨있다. 이 마그넷은 보행자 전용 쇼핑 거리를 구경하다 샀는데, 이곳은 유럽 여행에서 만난 가장 저렴한 마그넷들이 즐비한 곳이기도 했다. 1유로 정도의 염가로 조그마한 마그넷을 하나 손에 넣었다. 하지만 한때 원룸 현관에 붙여놓았다가 겨울철 결로의 타격을 받고 뒷면이 완전히 떨어져 나간 비운의 마그넷이 되기도 했다. 싼값에는 대가가 따른다더니 이런 결말이 나를 기다리고 있을 줄이야….

하루는 근교 마을인 센텐드레로 향했다. 센텐드레는 동화같이 아기자기한 예술가 마을로 동네를 구경하다 보면 반나절이 후딱 지나가는 마을이다. 거리를 구경하는 것만으로도 세상이 아름다워 보였고, 모두가 행복해 보였다. 이곳에서 만난 가족 단위의 여행객들은 하나같이 웃음을 띠고 있었다. 자기만의 색깔을 가진 수공예품 숍이 잔뜩 있고, 마을 곳곳에 키 포인트가 될 만한 장식도 많았다. 노란 햇살이 너무나도 잘 어울려 어두운 겨울이 상상되지 않는 곳이었다. 마을의 높은 곳까지 천천히, 그리고 깊숙이 곳곳을 두 발로 누볐다. 언덕 위에 있는 정교회 성당에 올랐더니 센텐드레의 붉은 지붕과 시선을 나란히 하는 조그마한 공원이 나왔다. 울창한 나무가 만든 그늘 아래서 센텐드레의 지붕 숲을 바라보고 있자니 부다페스트에서 머무는 하루하루가 선물같이 느껴졌다. 한 도시에 머물며 욕심 없이 여유로이 보내는 시간이 너무나도 소중했다.

매일 밤 호스텔로 돌아가면 4개의 침대가 놓인 작은 방에서 세계 각국에서 모인 여자들의 수다파티가 벌어졌다. 유럽으로 유학 와서 여름방학엔 여행을 다니는 태국인 블랙핑크가 아직 세계적인 대스타가 되기 전이라 그는 '두유 노 리사?'라는 나의 질문에 NO라는 대답을 했었다, 직업이 의사라는 영어가 유창한 러시아인, 뮤직 페스티벌을

위해 부다페스트에 방문한 튀르키예인 정말 핫걸이었다,
그리고 나. 6박이나 머물다 보니 여러 침대가 비고
또 다시 차는 것을 수차례 목격했지만, 숙소에서 매
일 밤 노닥거릴 누군가가 있었다는 사실만으로도 아
름다운 추억이다. 이제는 기억 속에서 희미해져 가
는 얼굴들이지만, 그들 모두가 지금도 행복한 시간
을 보내고 있으면 좋겠다.

Devin
Devin, Slovakia

Bratislava
Bratislava, Slovakia

Germany
Poland
Austria
Slovenia
Italy
Bosnia
and
Herzegovina
Serbia

외국에 당일치기 다녀올게요

Bratislava & Devin, Slovakia

→ 재미있게도 부다페스트에서 열흘 간 머무르는 동안 가장 기억에 남는 일은 헝가리 여행이 아닌 슬로바키아로의 당일치기 여행이었다.

"친구들아, 나 오늘 당일치기로 슬로바키아에 가기로 했어."

우리나라는 사실상 육로 이동이 불가능한 섬과 다름없는 나라이기 때문에 한국의 친구들 반응은 역시나 '우와', '대박' 같은 반응이었다. 당일치기 해외여행이라니! 그러나 유럽 여행 중이라면 한 번쯤 맛볼 수 있는 호사였다.

새벽에 부다페스트에서 출발한 버스는 아침이 되어 브라티슬라바에 도착했다. 슬로바키아의 수도인 브라티슬라바는 크지 않아 반나절 정도면 알찬 투어가 가능한 도시다. 브라티슬라바에 도착했을 때 느껴지는 소박하고 평화로운 분위기가 무척이나 마음에 들었다. 도시는 아기자기하면서도 깔끔했으며 세련되고 창의적인 분위기까지 감돌았다. 유럽의 다른 유명 관광도시처럼 사람으로 북적이지 않아서 시민들의 삶과 여행자들의 발걸음이 조화롭게 공존하는 곳이었다. 게다가 브라티슬라바는 문화예술이 패션처럼 전시된 곳이 아닌 실시간으로 문화를 향유하는 공간이었다.

구시가의 자산을 소중히 여기면서도 곳곳에 동시대 문화가 공존했는데, 특히 큐레이션과 인테리어 감각이 뛰어난 카페형 서점과 문화공간이 많았다. 포근하고 감성적인 서가 속에 갇혀 커피를 마실 수 있다니. 이런 곳에서 매일 커피를 마시면서 작업한다면 나도 끝내주는 창작자가 될 수 있을 것 같았다. 책과 커피를 아우르는 도시 문화는 지성인들의 라이프스타일처럼 보였고 이 도시에 사는 사람들이 무척이나 부러워졌다. 책도 유심히 살펴보니 다른 나라보다 감각적인 북디자인이 눈에 띄는 데다 도시의 규모에 비해 서점의 수가 굉장히 많다는 생각을 했다. 그저 내가 슬로바키아어를 모른다는 사실이 서러워질 뿐… 인구가 고작 547만 명뿐인 작은 나라에서 이리

도 훌륭한 서점 기반의 공간들이 많다니, 대체 비결이 뭘까? 나는 항상 한국어를 모국어로 쓰는 인구가 적다며 영미권 저자들을 부러워했으나 중요한 건 인구가 아닐지도 모르겠다.

브라티슬라바는 책 이외에도 문화예술이 일상 속에 가까이 있는 도시다. 구시가 곳곳에는 재미난 동상이 많은데, 다른 도시처럼 위인의 위엄 가득한 모습을 내보이는 동상이 아니라 광장 벤치에 팔을 괴고 있는 나폴레옹 동상, 맨홀 뚜껑에서 얼굴을 내밀고 있는 동상, 우체통 위에 올라가 앉아있는 동상 등 유쾌하고 친근한 동상이 많다. 관광객들은 웃으면서 동상과 함께 포즈를 취한다.

유럽 여행 중 가장 독특하고 인상 깊었던 성당도 브라티슬라바에서 만났다. 소위 블루 교회라고 불리는 가톨릭 성당이다. 아르누보 건축 양식으로 지어진 이 성당은 안팎이 모두 파란데 디자인도 아기자기해서 마치 동화속이나 테마파크에서나 존재할 것 같이 생겼다. 아기의 꿈속에서나 존재할 것 같은 곳, 성가 대신 자장가가 흘러나올 것 같은 성당이랄까. 전형적인 성당과는 판이하게 달라서 새로운 시각을 좋아하는 나로서는 역시 브라티슬라바를 좋아할 수밖에 없다고 생각했다.

반나절을 브라티슬라바에서 보냈다면, 나머지 반절은 브라티슬라바에서 멀지 않은 곳에 있는 데빈성 방문을 추천하고 싶다. 데빈성은 슬로바키아와 오스트리아의 국경에 있는데, 마치 판타지 소설 속에나 등장할 것 같은 절벽 위의 바위성이 매우 신비롭고 고독한 분위기를 풍기는 곳이다. 이곳에 방문하면 마치 오래전 몰락한 마법사의 성을 탐험하는 듯하다. 데빈성의 비현실적인 풍경은 정말 말도 안 되게 멋진 장면이라고 생각하는데 어째서인지 많이 알려지지 않아서 호젓한 산책을 즐길 수 있다는 것도 엄청난 장점이다. 성벽을 따라 산책로를 걷다 보면 다른 세상에 들어와 있는 느낌이다. 성터가 있는 절벽 아래로는 울창한 초록빛 자연이 펼쳐져 있고, 모라바강이 두나이강과 합쳐지는 광경도 장관이었다. 성과 주변 마을을 아주 천천히, 오래도록 음미하며 걸었다. 언제나 자연이 함께였고 무척 신비로웠으며 미지의 시간을 걷는 듯했다.

다시 브라티슬라바로 돌아오자 저녁에 세찬 비가 내렸다. 두나이강 건너의 신시가에 있는 커다란 쇼핑몰에 들렀다가 빗길을 뚫어 다시 구시가로 돌아왔다. 구시가와 신시가를 잇는 다리는 UFO 다리라고 불리는데 다리 위에 비행접시 모양처럼 보이는 레스토랑이 있기 때문이다. UFO 다리를 건너오는 동안 맞은편에 있는 브라티슬라바성을 바라보았다. 현대적인 다리를 건너면서 보는 성의 모습은 아이러니하게도 너무나도 동화 속 고성 그 자체라 브라티슬라바의 매력에 또 한 번 빠져들었다. 푸르게 변한 저녁 하늘과 더욱 짙어진 먹구름, 어디선가 들려오는 천둥 번개 소리, 후두둑 떨어지는 빗줄기. 그 짙푸른 시간 속에서 언덕 위 고고하게 서 있는 성의 모습이 마치 혼자만 마법 속에 갇혀 있는 것 같았다. 이제 다시 부다페스트로 돌아갈 시간이다. 브라티슬라바에서

걸었던 모든 시간이 무척이나 행복했다. 비 내리는
다리 위에서조차도 이 도시를 사랑할 수밖에 없었다.

Germany
Czech
Austria
Hungary
Switzerland
Slovenia
Croatia
Burano, Italy
Bosnia
and
Herzegovina
BURANO

바람에 나부끼는 빨래처럼

→ 베네치아 본섬을 떠난 배는 45분간의 여정을 시작했다. 바닷바람이 시원하게 질주할 때마다 머리카락이 술렁였다. 건물이 바다 위에 둥둥 떠 있는 듯한 기묘한 풍경이 이어졌다. 바다를 가로질러 도착한 곳은 부라노섬. 집집마다 화려한 색감으로 치장한 건물들이 귀여운 장난감 모형인 마냥 각각의 색깔을 자랑하고 있었다. 과거 어부들이 밤늦게 일을 마치고도 제집을 무사히 찾아왔으면 하는 마음에 집집마다 눈에 띄는 색을 칠하기 시작한 것이 시초라고 한다. 베네치아 본섬처럼 부라노섬 또한 운하가 마을 곳곳을 이어주고 있었다. 고즈넉한 물길과 그 옆에 자리한 형형색색의 집들. 얼핏 보면 건물의 화려한 색감에 눈길이 먼저 가지만, 곧 소박한 정경이야말로 부라노의 진면목이었음을 깨닫게 된다.

선착장 주변은 활기가 넘쳤다. "부라노!"를 외치는 선원의 목소리에 대다수의 사람들이 배에서 내려왔다.

들뜬 여행자들로 채워진 부라노의 첫인상은 활기 넘치는 작은 마을 같았다. 빠듯한 스케줄 탓에 내가 부라노에 머물 수 있는 시간은 단 두어 시간뿐. 부라노가 아무리 조그마한 섬이라지만 짧은 시간 내에 무엇을 해야 후회하지 않을지 많은 고민이 오갔다. 예쁜 집들을 배경으로 인플루언서처럼 패션쇼나 해보고 싶었지만 홀몸의 여행자는 제 셀카나 한 장 제대로 찍으면 다행이었다. 부라노는 레이스가 유명하다던데 레이스 박물관이나 가볼까, 아니면 멋진 한 끼를 즐겨볼까? 하지만 결국 그냥 걷기로 했다. 두 발로 부라노만의 정취를 듬뿍 즐겨보기로 결심한 것이다.

운하를 따라 사람들의 발걸음이 이어졌고, 광장은 식사를 즐기고 기념품을 구경하는 사람들로 채워졌다. 혼자임을 만끽하고 싶었던 걸까, 혼자인 여행에서는 자연스럽게 복잡한 곳보다 한적한 곳이 끌렸다. 본능적으로 광장의 중심에서 눈길을 거뒀더니 소박한 정취가 눈에 들어왔다. 관광객들의 섬 같은 이곳에서도 일상을 이어나가는 사람들이 있겠지. 조용히, 조그마한 운하로 발걸음을 이어 갔다. 구석진 곳으로 갈수록 사람들의 발길이 현저히 줄어들고 있었다. 완벽히 '부라노스러운' 풍경 속에서 나만이 남

게 되었다. 색색의 집과 소박한 물길, 운하에 정박한 작은 배들까지 부라노 색깔이었다. 관광지라고 생각했던 곳에 혼자서 덩그러니 남겨진 기분이었다. 사람들이 눈앞에서 사라졌을 뿐인데 햇살의 온도가, 빛의 조도가, 바람의 촉감이 고스란히 다가왔다. 무척이나 평화로운 봄날이었다.

운하를 뒤로 하고 물길이 없는 곳으로 가보기로 했다. 색깔이 각각 다른 조그마한 집들이 이어졌다. 곧바로 작은 잔디밭이 보였고 뒤로는 너른 바다가 펼쳐졌다. 부라노의 풍경은 색이 있는 집과 운하가 전부가 아니었다. 부라노는 섬이었기에 당연하게도 멋진 바다를 품고 있었다. 잔디밭 위로는 새하얀 이불이 빨랫줄에 걸려 있었다. 곧이어 곳곳에 티셔츠며 바지며, 부라노의 색색의 집처럼 다채로운 색깔을 자랑하는 온갖 빨래가 걸려있는 풍경이 눈에 들어왔다. 역시 이 섬도 사람이 사는 곳이었다. 따사로운 봄볕과 아드리아해의 바닷바람을 맞으며 펄럭이는 빨래들. 얼핏 보면 관광객이 점령한 듯 보이는 섬이지만, 이곳에서도 평온하게 일상을 살아가는 사람들이 있었다. 부라노의 빨갛고 노랗고 파란 집들엔 어떤 사람들이 살고 있을까? 이들의 삶의 방식은 어떨까?

지금도 부라노를 떠올리면, 형형색색의 집과 운하보다 바다를 마주하고 바람에 나부끼는 빨래들이 먼저 생각난다. 힘차게 펄럭이던 부라노의 빨래들처럼, 나의 일상도 주변에 흔들리지 않고 굳건히 이어졌으면 좋겠다.

Germany
Czech
Austria
Hungary
Switzerland
Slovenia
Croatia
Bosnia
and
Herzegovina
Pisa, Italy
Pisa

밤의 공포, 아침의 평화

Pisa, Italy

→ 참 이상도 하지. 늦은 비행 스케줄로 전날 밤 도착한 피사는 한 톨의 과장도 없이 공포영화 속 마을 같았다. 숙소는 좁은 도로 사이에 낀 주택가에 있었는데, 밤 10시의 피사는 이미 잠에 들었는지 주택 대부분의 불이 모두 꺼져 있었다. 가로등의 불은 무척이나 희미했고 인적조차 드물어 숨죽이고 걷다 보면 마치 살인마가 튀어나올 것 같은 분위기였다. 캄캄한 어둠과 적막한 공기. 두려움에 잡아먹히지 않으려 정신을 붙잡아야만 했다.

그런데 다음 날 아침 마주한 마을은 이상하게도 무척이나 평화로웠다. 같은 장소가 맞나? 토스카나의 햇빛이 오렌지빛 지붕 위로 떨어졌고, 집들의 외벽은 대개 차분한 핑크와 베이지색으로 채워져 있었다. 중간 중간 자유로이 자란 사이프러스 나무가 보였고, 정원을 끼고 있는 집에서는 키 큰 나무들과 여러 개의 갈색 화분, 초록 잔디밭을 가꾸었다. 나무 아래 잔디밭에서는 치즈색 고양이가 스트레칭을 하며 뒹굴고 있었다. 그 모습들을 보며 이곳에서 잠시나마 주민으로서 살아 보고 싶다는 생각을 했다. 어제는 절대로 살고 싶지 않은 공포영화 속 마을 같았는데, 아침이 되니 살아 보고 싶은 마을이 되다니. 이러한 변신이 또 어디에 있을까. 주택가를 걷는 동안 이곳에 머무르며 한밤의 적막 속에서 온전한 밤의 휴식을 누리고, 아침이 되면 토스카나의 햇볕을 받고 싶다고 생각했다. 정원에서 고양이와 뛰놀다 햇볕 아래 벌렁 드러눕고 싶었다.

피사는 조그마한 도시다. 두 다리로 모든 여정을 책임질 수 있었다. 공항에서 숙소까지 조금 걸었고, 딱 그만큼의 거리를 다시 걸으면 기차역이 나왔다. 그리고 지금까지 온 만큼의 거리를 다시 걸었더니 그

유명한 피사의 사탑이 나왔다. 걸은 시간을 전부 합쳐도 1시간 안이다. 기차역과 피사의 사탑 사이에는 아르노강이 유유히 흐르고 있었다. 강의 여유로운 움직임이 피사에 온 것을 환영한다는 인사말 같았다.

길을 걷다 피사의 사탑이 처음으로 시야 속으로 들어왔을 때는 그야말로 감탄이 절로 튀어나왔다. 상상했던 것보다 웅장했고 듣던 대로 제대로 기울어져 있었다. 정말이지 멋졌다. 14세기에 완성된 탑이, 심지어 기울어져 있는 채로 21세기의 여행자를 환영하고 있다는 사실이 믿기지 않았다.

피사의 사탑은 약한 지반과 구조 탓에 이미 완공 전부터 조금씩 기울어지기 시작했다고 한다. 피사의 사탑이 끝도 없이 계속 기울어지자 1990년에 이르러서는 결국 출입을 통제하고 10년간의 보수공사에 들어갔다. 공사 후 더 이상 기울어지지 않게 된 피사의 사탑은 2001년에 다시 관광객들을 맞이했다. 그렇지만 매시간마다 오를 수 있는 인원이 제한되어 있는데다 워낙 인기가 좋아 이른 예약이 필요했다. 대신 나는 피사의 사탑에 오르는 사람들을 구경하며 탑 주변을 360도로 빙글빙글 돌며 사진을 찍어보기로 했다. 흥미롭게도 피사의 사탑은 어느 쪽에서 찍느냐에 따라 당장이라도 무너질 것처럼 기울어 보이기도 하고 완전히 똑바로 서있는 탑처럼 보이기도 했다. 와, 너무 신기하다! 마치 과학관 전시를 찾은 어린 아이처럼 돌아다니며 감탄했다. 게다가 카메라가 일으키는 왜곡 현상이 이렇게까지 와닿은 적이 없었는데, 탑이 사진의 가장자리 부분에 위치할수록 왜곡 현상이 심해져 육안으로 보이는 탑과 사진으로 찍히는 탑이 판이하게 달라졌다.

피사의 사탑이 있는 광장에는 피사의 사탑뿐만 아니라 로마네스크 양식의 커다란 두오모, 세례당, 납골당, 박물관이 있다. 광장의 구경거리들을 살펴본 뒤, 길거리 노점상에서 이곳을 추억할 마그넷을 하나 구입했다. 광장 전체 모습이 담긴 반짝반짝한 금속성의 마그넷이다. 마그넷을 살 때는 가능하다면 지금껏 한 번도 사지 않았던 느낌의 마그넷을 고르게 되는데, 제각각 개성이 넘치는 마그넷들이 한데 어우러져 벽을 꾸미고 있는 걸 보면 흐뭇한 미소가 지어진다. 다시 숙소로 돌아가는 길에는 젤라또를 사 먹었다. 이탈리아 여행에는 젤라또를 빼놓을 수 없는 법이지. 여유로운 산책과 젤라또는 이탈리아 여행의

백미다. 게다가 이미 마음에 드는 마그넷을 구입했

다면, 발걸음도 마음도 이토록 경쾌할 수가 없다.

Germany
Czech
Austria
Hungary
Switzerland
Slovenia
Croatia
Bosnia
and
Herzegovina
Arezzo, Italy
Arezzo

유럽에서 가장 큰 벼룩시장

Arezzo, Italy

→ 아펜니노산맥 아래, 이탈리아 토스카나 지방은 태양의 신과 대지의 신의 축복을 동시에 받았다. 구릉 위로는 너른 들판이 펼쳐지고 길옆으로는 사이프러스 나무가 솟아있다. 드문드문 붉그스름한 지붕을 가진 농가가 서있는 풍경. 그리고 작열하는 햇빛은 들판을 황금빛으로 물들인다. 마치 윈도우 바탕화면에서나 볼 법한 풍경이 끝도 없이 이어지는 이곳은 바로 토스카나. 길과 길의 끝에는 자신만의 역사와 문화를 간직한 작은 도시들이 여행자들을 기다리고 있다. 여행자는 토스카나 어디서나 자신의 마음의 내줄 곳들을 만나게 된다. 중심 도시인 피렌체에 3박의 일정을 잡았으니 하루 정도는 근교의 작은 도시로 떠나보면 어떨까 싶었다. 정말 많은 후보지가 있었는데 이 중에서 어느 곳으로 갈지 고르는 것이 보통 어려운 일이 아니었다. 시에나, 산지미냐노, 아시시, 몬테풀치아노, 피엔차… 후보지만 나열해도 끝이 없다니. 피렌체에 오기 전 들렀던 피사 또한 토스

카나의 도시다. 하지만 주어진 시간이 한정되어 있었고 나는 후보지들 중 딱 한 곳을 골라야만 했다.

치열한 경쟁을 뚫고 이번 여행지로 낙점된 곳은 바로 아레초라는 이름의 작은 도시다. 영화 <인생은 아름다워>의 촬영지로 알려진 곳이기도 한데, 이 영화를 너무 좋아해서 찾아갔느냐하면 그건 또 아니었다. <인생은 아름다워>는 훌륭한 작품이고 나 또한 재미있게 보았지만 다른 여행지를 포기하고 찾아갈 정도로 내가 이 영화의 팬인 것은 아니다. 내가 아레초를 선택한 이유는 단 하나, 아레초에서 '매월 첫째 주 일요일'에 열리는 유럽에서 가장 큰 규모의 벼룩시장 때문이었다. 달력을 보았다. 어머나, 내가 딱 이 기간에 여행을 와 버렸네? 어쩔 수 없다. 인생은 타이밍이고 여행도 타이밍이다. 한 달에 딱 한 번 있는 날에 여행을 왔다면 나는 아레초에 가야만 했다. 한 달에 딱 한 번이라… 다른 사람은 보고 싶어도 못 볼 확률. 하지만 그러한 확률에 당첨되었다면 그것을 받아들이는 게 내 숙명이었다.

피렌체에서 아레초로 향하는 기차는 텅 비어 있었다. 마치 기차 한 칸을 혼자 전세 낸 듯한 기분으로 아레초로 향했다. 아레초역에 도착하고도 한산한 분위기에 '내가 과연 유럽 최대의 벼룩시장에 제대로 찾아온 게 맞나?'하는 의문이 들었다. 끼니를 위해 기차역에 딸려 있는 식당에 들어갔는데 직원들이 정말 간단한 영어조차 몰라서 주문을 못하고 있는 상황이 발생했다. 내가 혹시나 너무 시골로 들어와 버린 걸까…? 당황하던 찰나 옆에서 영어를 유창하게 구사하는 이탈리아 청년이 통역을 도와준 덕분에 한 끼를 해결할 수 있었다.

불안했던 출발과 달리 한 달에 한 번 있다는 유럽 최대의 벼룩시장은 역 앞의 광장에서부터 좌판이 들어서 있었다. 점점 중심지로 들어설수록 큰 길은 물론 작은 골목에서도 골동품 노점 수가 많아졌고, <인생은 아름다워>의 촬영지로 알려진 그란데 광장에 이르러서는 온 광장이 골동품으로 채워져 있었다. 내가 산 마그넷에 있는 그란데 광장이 평소의 빈 공간이었다면, 실제로 만난 그란데 광장은 소문대로 한 달에 딱 한 번 있을 법한 풍경이었다. 물건의 종류는 셀 수 없이 많았고 내다 팔 수 있는 물건이란 물건은 다 나온 게 아닐까 싶을 정도였다. 족히 100년 전의 어린이가 가지고 놀았을 법한 장난감부터 공포영화

€ 5 00
€ 5.00

에 나오려나 싶은 인형, 전후에나 출간됐을 법한 책, LP판, 축음기, 쟁반이며 식기류, 가구, 명화, 카펫, 전등, 무슨 청동기 시대 껴묻거리를 꺼내왔는가 싶은 장신구, 최초의 보급형이 아닐까 싶은 고장 난 선풍기, 연도별로 정리된 동전, 세계대전 때 쓰였을 것 같은 군인 모자, 아이들을 위한 목마… 옛날 것 외에도 온갖 아름다운 것과 온 세계에서 모인 출처 모를 물품들이 모여 있었다. 청나라 말기의 부부 초상화를 그려놓고 모자는 조선의 문무백관이 쓰는 사모를 씌워 놓은 정체 모를 그림도 팔고 있었는데, 거의 박물관에서나 볼 법한 낡은 그림이었다.

아레초의 벼룩시장에서는 예술가들의 다양한 작품도 볼 수 있었다. 거창한 작품이 아니라 손으로 만든 소소한 것들이 많아 더욱 정겨웠다. 색색의 타일을 깨뜨려 모자이크 작품을 만들던 한 예술가는 나에게 파란색 타일 조각 하나를 선물로 주었고 예상치 못한 선물을 받게 되어 너무나도 기뻤다. 어찌 보면 별거 아닐 수 있는 선물이겠지만 여행 중에 받는 사소한 친절이 하루 여정 전체를 행복하게 만들어준다. 아레초에서는 식당에서 통역을 도와준 청년과 모자이크 타일 예술가의 친절이 그랬다.

골동품을 파는 천막으로 채워진 그란데 광장을 지나 마을 꼭대기에 있는 아레초 성당을 찾았다. 고딕양식으로 지어진 성당의 내부는 무척이나 어둡고 서늘했다. 사람도 거의 보이지 않았다. 바깥의 열기와 햇빛, 사람들의 활기를 생각하면 성당의 안팎이 무척이나 상반되는 분위기였다. 성당 의자에 조용히 앉아 땀을 식혔다. 빛이 닿지 않고 서늘해서 오히려 경건한 분위기를 연출했다.

성당 밖에는 커다란 공원이 있었다. 키가 큰 소나무가 공원 곳곳에 뿌리를 내리고 가지를 뻗어 그늘을 만들었고, 그 아래에는 아이들의 놀이터와 어른들의 벤치가 있었다. 공원에서 내려다본 마을의 풍경이 무척이나 토스카나스러워서, 주홍빛의 지붕이, 동글동글 이어지는 구릉과 초록빛의 향연이 정말이지 너무나도 토스카나스러워서, '아레초에 오길 잘했다' 하고 다시 한 번 되뇌었다. 한 달 30일 중 단 하루, 그날이 첫째 주 일요일일 확률은 나를 위한 선물임이 틀림없었다. 고마운 선물이니 자주자주 곱씹어야지.

Germany
Czech
Austria
Hungary
Switzerland
Slovenia
Croatia
Tivoli
MADE IN ITALY
Tivoli, Italy

초록정원에서의 고립

Tivoli, Italy

→ 검색창에 티볼리를 검색하면 어째선지 자동차 사진만이 잔뜩 뜨지만, 지금부터 이야기할 티볼리는 자동차 브랜드와는 아무런 관계가 없다. 로마에 머무를 때 하루쯤은 혼자만의 여유롭고 조용한 하루를 가지고 싶었고, 이를 위해 근교에 있는 작은 도시 티볼리를 찾게 되었다. 티볼리는 관광객으로 북적이는 로마와는 달리 소도시의 한산함이 느껴졌고 동시에 생기로 가득 찬 도시였다. 눈길을 곧장 사로잡는 웅장한 성곽과 로마 원형 극장의 존재가 티볼리의 유서 깊은 역사를 보여주는 듯했다. 하드리아누스 황제가 별장으로 지은 빌라 아드리아나 또한 티볼리의 훌륭한 볼거리인데, 광대한 규모라 전체를 관람하는 데 시간이 꽤 걸린다하여 무리해서 일정에 넣지는 않았다.

티볼리는 광장과 좁은 골목만 걸어도 행복한 도시다. 광장에서는 가족 단위의 나들이객이 한낮의 여유를 즐기고 있었다. 분수는 여름 햇살 아래서 힘차게 물을 내뿜는다. 아이들은 신나게 뛰어다니고 어른들은 그런 아이들을 지켜보며 벤치에 앉아 대화를 나눴다. 성당 옆의 작은 골목길을 엿보니 세월의 흔적이 깊이 배어 무수히 많은 사연을 가지고 있을 것만 같은 라임스톤의 집들이 가득했다. 좁다란 돌길 옆에는 핑크빛 꽃과 작은 나무가 심어진 화분들이 골목길의 정취를 더했다. 사이프러스 나무가 곳곳에서 여름 햇볕을 쬐고 있었다. 티볼리는 그 자체로 사랑스러운 여름이었다.

오늘의 목적지는 빌라 데스테다. 빌라 데스테는 16세기에 지어진 에스테 가문의 별장으로 초록이 가득한 정원과 수백 개의 분수가 있는 곳이다. 이곳은 그저 아름답게 가꾸어진 정원이 아니라 정원 예술의 꼭짓점에 닿아있는 곳이며 2001년에는 유네스코 문화유산으로 등재되었다. 나는 초록이 가득한 정원을 걷고 싶다는 가벼운 마음으로 방문했다. 아무래도 유명한 왕궁의 정원은 사람들로 북적이니까, 이곳이라면 좀 더 편안하게 시간을 보낼 수 있지 않을까 싶어서. 그러나 감히, 정말 감히, 베르사유의 정원보다, 또 살면서 본 그 어떤 정원보다 아름다웠다고 말해

본다. 아름다웠다는 말로도 부족하다. 황홀했다. 빌레 데스테에서의 산책은 너무나도 완벽한 사색의 공간이었다. 너무나도 비현실적인 공간으로 초대받은 것 같아 걷다가도 한 번씩 가슴이 벅차올랐다.

빌라 데스테는 규모에 비해 방문객이 많지 않아 일부 메인 스폿을 제외하고는 매우 한산한 편이다. 그저 나만의 페이스로 산책을 즐긴다. 빌라 내부의 훌륭한 벽화만 둘러봐도 미술관이 따로 필요 없을 정도라 이곳으로의 여행 자체가 반나절의 귀족 체험인가 싶다. 이곳은 눈부신 초록을 가지고 있다. 베란다에서 한눈에 정원을 내려다보고 있자면 아, 정말이지 세상을 다 가진 기분이다. 남의 별장에 잠시 구경하러 왔다는 느낌이 아니라 이 저택과 정원이 오로지 나를 위해 존재하는 기분이 든다. 여름 하늘 아래 녹음은 눈부시게 화사하고 곳곳의 분수는 시원하게 솟아오른다. 정원이 한눈에 내려다보인다. 탁 트인 창과 회랑으로 시원한 바람이 유영한다. 자리 경쟁 같은 건 필요 없다. 이 시간과 공간은 나만을 위해 존재하는 순간이니 오감을 동원해 황홀함을 만끽하면 될 뿐이다.

빌라 데스테는 큰 규모의 정원을 독창적인 방식으로 구획하였다. 다양한 개별 분수들은 각자의 창의적인 테마를 가지고 있고, 각각의 정원은 해당 구역의 메인이 되는 분수의 콘셉트를 중점으로 어우러지게 꾸며두었다. 오르간 분수, 해왕성 분수, 대자연 분수, 백 개의 분수 거리 등 크고 작은 분수들이 정원의 큰 틀을 잡고 있고, 우리는 마치 테마파크의 다양한 구역으로 이동하듯 매번 새로운 정원을 탐험할 수 있다. 몇몇 분수는 엄청나게 웅장하여 존재 자체로 감탄을 자아내기도 한다. 분수대의 디자인 또한 예술인데 그곳에서 세차게 물줄기가 올라올 때는 형용할 수 없는 황홀감을 느끼기도 한다. 또 어떤 분수들은 소소한 조각상들이 물을 졸졸 뿜고 있어서 길을 따라 걸으며 호젓한 산책을 즐길 수 있다. 작은 분수가 있는 구역은 다른 사람과 동선이 겹치지 않을 때가 많아 아름다운 정원에 앉아 혼자만의 여유를 얼마든지 만끽할 수 있었다.

분수뿐 아니라 수목이 드리워진 풍경도 눈이 부시게 아름다웠다. 정원 곳곳은 조경사의 손이 닿아있음에도 인위적인 느낌이라기보다는 조화롭다는 인상을 먼저 주었다. 나무들의 수종이 다양해 각각의 높낮

이를 고려하여 정원을 디자인한 듯 보였다. 물이 닿는 곳에는 대리석과 이끼가 조화롭게 공존하고 있었다. 높이 뻗은 침엽수는 고고하게 공간을 지켜주는 듯했고, 낮은 회양목은 길을 만들어주었다. 저 멀리 정원 너머에는 초록 숲에 뒤덮인 붉은 지붕들이 어렴풋이 보인다. 이토록 아름다운 풍경 속에서 혼자만의 시간을 오래도록 음미할 수 있다니, 빌라 데스테에서는 자발적인 고립이 가능하다. 그것도 이토록 환상적인 고립을. 이러한 고립이라면 몇 번이라도 다시 갇혀있고 싶다. 아, 햇빛을 받아 반짝이던 이곳의 초록을 평생 잊을 수 없을 것이다.

3부 　　함께라는 인생의 조각 》

함께여서 좋았던 시간들이 있다. 긴 우정을 나눈 친구부터 한때 스쳐 간 인연까지. 낯선 풍경 속에서 그들과 그 순간 함께여서 좋았다. 두려움과 쓸쓸함이 밀려오지 않도록 서로의 시간을 맞댈 때, 흘러가 버린 시간을 붙잡아 다시 일으켜 세웠을 때, 맛있는 음식과 다정한 대화 속에서 너와 나는 더욱 성장할 수 있었다.

TRIER / MOSEL
Trier, Germany
Czech
Austria
France
Switzerland
Slovenia
Italy

독일 대학생의 하루

"나 유럽에 가게 됐어!"

"우와, 정말? 그러면 트리어에도 꼭 놀러 와."

→ 가이드북에서도 이름을 찾아보기 힘든, 독일의 생소한 도시 트리어는 아니 Anni의 초대로 가게 되었다. 독일인인 아니는 일본에 교환학생으로 머물던 시절 만났던 친구다. 일본에 도착한 첫날 공항에서 처음 만나 전철을 타고 함께 이동했던 기억이 또렷이 난다. 당시 아니는 일본어가 서툴러 소통이 쉽지 않았지만 반대로 나는 영어가 약해 차라리 아니가 일본어를 하는 편이 훨씬 나았다. 아니가 다시 독일로 돌아갈 무렵에는 아니의 일본어 실력이 눈에 띄게 일취월장했다. 1년 전의 아니가 아니었다. 유창하게 일본어를 구사하는 아니 덕분에 많은 대화를 하게 되어 얼마나 기뻤는지. 하지만 외국에서 만난 친구가 늘 그렇듯 기약 없는 이별을 하게 되었다. 하지만 다시 연이 닿아 아니와 만나게 된 것이다.

아니는 나를 트리어의 집으로 초대했다. 트리어 대학교에 다니고 있던 아니는 고향을 떠나 트리어에 머물고 있었다. 나는 트리어에 도착하기 전까지만 해도 트리어라는 도시엔 전혀 관심이 없었다. 오랜만에 만날 수 있게 된 친구와 독일 친구의 집에 가는 것 자체에 신나있었을 뿐이다. 인구 11만 명 정도가 거주하는 작은 도시, 게다가 가이드북에 이름도 안 나오는 도시에 별다를 게 있을까 싶었다. 그러나 이건 정말로 내가 뭘 몰라서 한 생각이었다. 막상 마주한 트리어는 엄청난 문화자원을 보유한 도시였다. 알고 보니 트리어는 로마시대에 만들어져 '독일에서 가장 오래된 도시'라는 타이틀이 붙어 있었고, 알프스 이북의 로마 도시 중에서는 가장 큰 도시였다고 한다. 당시의 거대한 로마 유적이 여전히 위용을 자랑하고 있었다. 커다란 성문 포르타 니그라, 거대 공중목욕탕인 바바라 욕장, 원형 경기장 같은 유적들은 누가 봐도 로마시대의 유적이었다. 게다가 트리어는 카를 마르크스의 고향이기도 해서 마르크스주의를 공부하던 친구가 '마르크스의 고향에 가다니!' 하며 나를 굉장히 부러워했던 기억도 있다.

아니의 집에 처음 들어섰던 기억이 새록새록 난다.

166

伏見稲荷山参拝圖
IN-EAST
INSTITUTE OF
EAST ASIAN STUDIES
BESTE
FREUNDE
15th Anniversary Live
進化して帰ってくる
Ann-Cathrin Gauweiler
HELLO KITTY
TOURIST MAP OF
JAPAN
HOKKAIDO
Sea of Okhotsk
Sea of Japan
Pacific Ocean
HONSHU
KYUSHU
SHIKOKU
Tokyo
Osaka
Tokyo
Osaka

아니는 당시 친구와 둘이서 자취를 하고 있었는데, 첫 번째 놀라웠던 점은 트리어에 있는 건축물이 대부분 그렇듯 당연히 100년이 넘은 건물이었던 것. 두 번째 놀라웠던 점은 대학생 둘이 살고 있는 집에 복도가 있고 부엌이 별도로 있으며 두 친구의 방도 각각 있었다는 점이다. 인테리어도 깔끔했고 내구성도 좋아보였다. 심지어 넓었다. 방에는 작은 테라스가 있어 야외테이블을 두고 여유를 부릴 수도 있었다. 100년도 넘은 건물에서 사는 두 대학생의 삶이 너무

나도 멋져 보여, 내가 서울에서 대학을 다닐 때 살았
던 좁은 기숙사와 벌레 나오는 하숙방이 생각나 잠
시 눈물이 나올 뻔했다.

아니의 집에 머무는 동안은 트리어 대학교 학생들의
틈에 끼어 그들의 일상을 잠시 엿본 기분이었다. 아
침에는 아니와 하우스메이트 친구가 만들어준 크레
페와 피자, 사과주스를 먹었다. 낮에는 트리어 시내
를 산책했고 질 좋고 저렴한 독일제 생필품 쇼핑에
나서기도 했다. 카페 야외테이블에서 케이크도 먹
고, 내가 좋아하는 플레이모빌 피규어도 몇 개 사고,
물론 마그넷도 샀다. 트리어는 내가 독일에서 처음
방문한 도시이기도 했다. 맥주병 뚜껑 모양의 마그
넷을 발견했을 때는 다른 곳에서 보지 못했던 독특
한 디자인에 홀려 바로 지갑을 열었다. 이후에 독일
의 다른 도시를 여행하면서도 맥주에서 영감을 받은
수많은 디자인을 발견했는데, 독일은 역시 마그넷에
서도 자국 맥주에 대한 자부심이 강했다.

아니의 친구들 3명과 함께 만났을 때는 그들이 모두
스테레오 타입의 독일인이라 웃음이 나오기도 했
다. 그중 한 명은 아니처럼 일본에서 만났던 친구였다. 전형적인 유

럽인들처럼 친구들끼리의 소개와 합석이 자유로웠
으나 모두 학자 타입인지 동시에 아주 진지했다. 지
금까지 만난 서양 사람들은 파워 외향인이 다수였지
만 이 친구들과의 조합은 내향인 모임이어서 어색하
면서도 동시에 마음이 평화로웠다. 이날 저녁에 방
문한 식당도 아주 인상적이었는데, 바로… 감자 요
리 식당이었다! 식당까지 스테레오 타입의 독일이
라니! 감자는 살면서 많이 먹어봤지만 감자 요리 식
당은 또 처음이었는데 나는 감자로 만들 수 있는 요
리가 그렇게 많다는 사실을 이날 처음 알았다. 그도
그럴 게 이 식당의 감자 요리 메뉴가 무려 111번까
지 넘버링 되어있었기 때문이다. 당최 어떤 차이가

있는 요리인지 도무지 짐작조차 되지 않아 친구들
이 고른 메뉴를 함께 나눠 먹기로 했다. 우리는 소시
지가 메인인 매쉬드포테이토 요리, 시금치가 들어간
감자 그라탕, 감자 사워크림에 찍어먹는 빵 같은 것
들을 먹었다. 맛있었다. 과연 감자 요리를 111개나
개발한 가게다운 맛이었다.

이튿날 저녁엔 트리어 대학교에 다니는 아니의 한국
인 친구를 소개받았다. 버섯이 잔뜩 올라간 피자와
함께 독일 맥주를 실컷 마셨다. 나와 아니는 일본어
로, 아니와 한국인 친구는 독일어로, 한국인 친구와
나는 한국어로, 그리고 공통의 영어가 튀어나오는
굉장히 특이한 테이블이었다. 어두운 조명이 함께한
그날의 저녁이 가끔씩 문득 생각난다. 이야기는 여
기서 끝이 아니다. 아니는 얼마 뒤 한국어까지 배우
기 시작하더니 이듬해 한국의 대학교에 교환학생으
로 왔다. 우리는 서울에서도 함께 시간을 보냈고 이
제 아니와는 한국어로도 대화할 수 있게 되었다. 정
말 놀라운 친구다!

Frankfurt
Frankfurt, Germany
Czech
Austria
France
Switzerland
Slovenia
Italy

너 생각보다 재미있는 애구나

→ 프랑크푸르트는 묘한 도시다. 독일의 수도는 베를린이지만 실질적인 독일 경제·금융의 중심 도시는 프랑크푸르트다. 유럽의 허브 공항이자 독일을 대표하는 공항도 프랑크푸르트에 있다. 이렇다 보니 으레껏 프랑크푸르트는 엄청 큰 도시겠구나 싶어지는데, 프랑크푸르트의 인구는 고작 77만 명 정도로 우리 기준에서는 대도시라기에 좀 애매한 숫자다. 인구로는 베를린, 함부르크, 뮌헨, 쾰른에 이어 독일에서 5번째로 큰 도시다. 프랑크푸르트는 국제적인 명성에 비해 여행지로서도 그다지 인기가 없는 편인 것 같다. 대단한 관광지가 있는 것도 아니고 도심의 크기도 작아서 반나절이면 걸어서 여행할 수 있다. 대신 훌륭한 박물관이 많아서 박물관에 관심 있는 사람들은 좋아할 만한 도시다. 국제적으로 이름난 박람회가 많이 개최되기도 한다.

슬렁슬렁 프랑크푸르트를 걸었다. 전통 건축물과 현

BRAUNEIS
U U

대식 빌딩이 공존하고 있었고 거리는 깔끔하고 널찍한 느낌이다. 붐비는 편도 아니어서 실질적인 인상 또한 프랑크푸르트라는 이름이 가진 장엄한 이미지에 비해서 굉장히 소박했다. 그래서 오히려 좋았다. 괴테가 태어나 살았다는 괴테하우스 앞을 지나갔고 하우프트바헤 광장을 지나 최대 번화가인 자일거리에 닿았다. 상점과 사람들을 구경했다. 멀지 않은 시야에는 마치 장난감 성 같은 탑이 솟아 있었다. 해리 포터의 호그와트성에서 탑 하나만 똑 떼서 프랑크푸르트에 꽂아놓은 느낌이다. 이날은 7월이었지만 을씨년스러운 가을 날씨 같았는데 길에서 어그 부츠를 신은 사람을 발견하고 속으로 헉 소리가 절로 나왔다. 7월에 어그 부츠라니! 독일 날씨란 대체….

발걸음은 이제 장난감 병정들이 살 법한 뢰머 광장에 도착했다. 나무 골조가 장식처럼 드러나 있는 중세 독일풍의 목조 건물들이 얼마나 아기자기하고 귀여운지 프랑크푸르트에 방문하길 잘했다는 판단에 도달했다. 기념품 숍에서 광장 사진이 박힌 조그마한 마그넷을 샀다. 마그넷에는 크리스마스 시즌의 화려하고 북적한 뢰머 광장의 모습이 담겨 있었다. 정 반대 계절의 이곳을 상상해본다. 쾌적한 날씨의 독일의 여름도 좋지만, 언젠가는 꼭 독일의 크리스마스 마켓을 꼭 방문하리라 다짐해본다. 아직 수행하지 못한 나의 또 다른 버킷리스트다.

자, 이제 반나절의 프랑크푸르트 여행은 이쯤에서 종료해도 된다. 하지만 내게는 나머지 반나절의 일정이 남아 있었다.

"여기야!"

마르코 Marco 였다.

"마르코, 오랜만이네! 잘 지냈어?"

마르코 또한 아니처럼 일본에 교환학생으로 있을 때 만났던 독일 친구다. 다른 나라에서 보던 인물을 대륙을 건너 그들의 나라에서 다시 만난다는 건 늘 신선하다. 마르코와는 친한 사이라기보다는 두루두루 알던 사이에 가까웠다. 마르코를 처음 만났을 때 마르코는 나를 어려워했다. 마르코는 동양 친구들과도 두루두루 잘 지냈는데, 왜인지 많은 한국인 학생들 중에서도 유독 나와는 제대로 인사를 나누지 못하고 어색한 사이였다. 그러다 마르코와 가까워진 계기는 우연한 포인트에서 촉발되었다. 오사카에서 학교를

다니던 당시의 나는 인디 음악에 심취해 있었다. 좋아하는 밴드들이 도쿄에서 공연을 한다는 소식을 듣고 나는 신나게 오사카에서 도쿄까지 달려갔다. 신나게 공연을 보고 페이스북에 흥분한 채 후기를 남겼더니 마르코로부터 메시지가 하나 도착했다.

"너 솔루션스 보고 왔어? 나도 솔루션스 노래 좋아해!"

나는 그 메시지를 받고 아주 놀랄 수밖에 없었다. 왜냐하면 솔루션스는 한국 사람들도 아는 사람만 아는 밴드니까! 유명한 밴드가 아닌데 어떻게 일본에 공부하러 온 독일인이 아는 거지? 사연을 알고 보니 마르코의 전 여자친구가 한국인이었고, 그 여자친구가 솔루션스의 팬이었다고 한다. 무슨 이렇게 신기한 일이 다 있을까? 그 후로 마르코는 종종 본인이 좋아하는 노래 링크를 보내주었다. 그리고 나에게만 말을 걸지 않았던 이유도 밝혔다. 당시의 나의 눈빛이나 분위기가 쉽게 말을 걸기 어려웠다고 한다.

프랑크푸르트에서 재회한 마르코는 마인강 옆의 산책로를 안내해주었고, 하우프트바헤 광장에 있는 외관이 멋진 식당에서 저녁 한 끼를 사주었다. 삶은 감자와 계란이 있는 그린 소스 리소또, 그리고 사우어 크라우트 Sauerkraut, 독일식 양배추 절임이다 와 으깬 감자를 곁들인 비프를 먹었는데 감자의 축복은 끝이 없다! 메뉴를 고르기 위해 애쓰지 않아도 현지인 친구가 해결해주니 얼마나 좋던지. 주문하고 계산하는 과정에도 혹시라도 차별을 당할까봐 전전긍긍하지 않아도 되니 마음이 편했다. 마르코와는 오히려 일본에서보다 이날 더 친해지게 되었다.

"처음에는 널 어렵다고 생각했는데, 알고 보니 되게 재미있는 애 같아."
"그런가?"

그때는 웃으며 넘겼는데 곱씹어보면 정말 듣기 좋은 칭찬이다. 겉모습만 보고 나를 어려워했던 친구가 지금은 내가 재미있다는데 덩달아 기분이 좋았다. 프랑크푸르트에서 마르코를 만나길 잘 했다. 마르코와의 다음 만남이 생기게 되면 더 재미있게 해 줘야겠다. 다음은 또 언제가 되려나? 대륙을 건너 다시 만난 만큼 또 다른 기회가 언젠가 찾아올 것이라 믿는다.

NÜRNBERG
Nuremberg, Germany
France
Switzerland
Austria
Slovenia
Italy

시계, 소시지, 그리고 푸른 저녁의 맥주

Nuremberg, Germany

→ 독일에는 유난히 마음에 드는 마그넷이 많았다. 어딜 가나 예쁜 디자인이 많아서 매번 어느 마그넷을 고를지 행복한 고민에 빠졌다. 맥주로 유명한 나라답게 맥주에서 아이디어를 얻은 마그넷이 많았고 독일식 건축물이나 마을의 전경을 따와 컬러풀하게 모양낸 마그넷도 많았다. 나의 독일 마그넷 컬렉션은 언제 보아도 모든 생김새와 색상이 마음에 들지만, 뉘른베르크에서 사온 뻐꾸기시계 마그넷이 그중에서도 가장 눈길이 가고 독특하고 귀엽다. 정확히 말하면 뻐꾸기 대신 남부 독일의 집과 숲이 그려진 시계지만. 여하튼 뻐꾸기 없는 뻐꾸기시계 마그넷에는 시계추와 솔방울 장식 고리가 달려있다. 건드리면 달랑거린다. 내가 가진 마그넷 중에는 유일하게 달랑이는 마그넷이어서 가끔씩 괜히 툭 건드려보고는 흔들리는 모습을 관찰한다. 사실 이 디자인은 독일 곳곳 어디서나 많이 볼 수 있는 디자인이다. 시계추에 적혀있는 도시 이름만 뉘른베르크에서 하이

델베르크나 프랑크푸르트로 바뀌는 식이다. 지금까지는 그 도시만의 전경이나 특색을 가진 마그넷을 가지고 싶어서 뻐꾸기시계를 외면해 왔다가 뉘른베르크에서는 결국 풍경을 포기하고 뻐꾸기시계를 선택했다. 도시의 모습이 담겨 있진 않지만 드디어 갖고 싶은 마그넷을 갖게 되어 속이 후련했다.

집 모양의 뻐꾸기시계와 뉘른베르크는 얼핏 보면 별다른 상관관계가 없어 보이지만, 잘 생각해보면 독일의 다른 도시보다는 뉘른베르크에서 이 마그넷을 사는 게 맞았다는 판단이 선다. 첫 번째 이유는 뉘른베르크의 정경 때문이다. 뉘른베르크에서 인상적인 풍경을 딱 3개 뽑으라면 역시 생기 넘치는 광장, 운하와 어우러지는 고즈넉한 마을 풍경, 뉘른베르크성에서 내려다보이는 구도심의 경관을 뽑고 싶다. 이 모든 뉘른베르크의 아름다운 정경 속에서는 항상 예쁜 집들이 있었다. 광장을 둘러싸고 있는 건축물, 수로 옆에 자리한 동화 같은 집들, 성에서 내려다보이는 수많은 지붕과 첨탑. 내게 뉘른베르크의 정경은 아름다운 집과 도시 건축물이 어우러지는 곳으로 기억된다. 여전히 동화 속 이야기가 진행되고 있을 법한 모습이다. 그러니 뻐꾸기시계에 뻐꾸기의 집 대신

사람의 집이 있어도 되지 않을까?

두 번째 이유는 알고 보니 뉘른베르크가 시계와 연이 깊은 도시이기 때문이다. 휴대용 시계가 처음 발명된 곳이 바로 뉘른베르크라고 한다. 게다가 광장에서 가장 눈에 띄는 건축물인 고딕양식의 성모성당도 시계와 관련이 있다. 성당의 시계탑에서는 인형극이 펼쳐지기도 하는데 이러한 인형극 시계탑도 뉘른베르크 성모성당이 독일 최초라고 한다. 이 정도로 시계와 연이 깊은 도시라면 뉘른베르크에서 시계 모양 마그넷을 산 것이 어느 정도 합당하게 느껴진다고나 할까?

화제를 전환하여 뉘른베르크는 소시지로도 유명하다. 친구와 함께 소시지 맛집의 야외 테이블에 앉았다. 인기 있는 곳인 만큼 인파로 붐볐지만 운 좋게 자리가 하나 비어 야외테이블을 사수할 수 있었다. 뉘른베르크의 하늘에도 어스름한 저녁놀이 앉았다. 뉘른베르크에 도착한 날은 그간 유럽을 혼자 여행하던 내게 2주 간의 여행메이트가 생긴 날이기도 했는데, 그날 저녁은 오랜만에 만난 친구와 한국어로 신나게 떠들 수 있는 날이었다. 모국어란 참 좋은 것이구나.

하고 싶은 말을 원 없이 할 수 있다는 것은 얼마나 행복한 일인지. 뉘른베르크 소시지와 언제 마셔도 시원하고 맛있는 독일의 생맥주, 그리고 사우어크라우트를 시켰다.

뉘른베르크 소시지는 보통 우리가 생각하는 커다랗고 통통한 소시지가 아니라 조그맣고 가느다란 소시지다. 소문으로는 중세시대 여관에서 객실 문의 열쇠구멍을 통해 소시지를 넣어주던 관습에서 유래되어 작고 가느다랗다고 한다. 크기만 보면 조금 실망스러울 수 있으나 맛으로는, 음, 살면서 먹어본 소시지 중에 제일 맛있었다! 크기 대비 가격이 비싸 많이 먹을 수 없는 점이 유일한 아쉬움이었다. 저렴했다면 정말 많이 먹었을 수 있었을 텐데 어쩔 수 없이 아주 조심스럽게 한입 한입을 음미했다.

안주처럼 먹은 사우어크라우트는 독일식 김치라는 별명이 붙어있는 음식이다. 김치라는 표현에서 유추 가능하듯 한국인들의 입맛에 잘 맞으며 유럽에 있는 몇 안 되는 나의 소울푸드다. 이 음식의 정체는 양배추 절임인데 양배추를 잘게 썰고 발효시켜 시큼한 맛이 난다. 중독성 있는 맛이라 한국에서도 종종 생각난다. 뉘른베르크의 저녁은 소시지와 사우어크라우트로 기억된다. 함께 맛있는 음식을 즐기고 신나게 한국어로 떠들어줄 친구까지 있으니 외롭지 않은 여름밤이었다.

Oktoberfest
München
Czech
Munich, Germany
Austria
France
Switzerland
Slovenia
Italy

뮌헨에 왔다면 비어홀

Munich, Germany

→ 독일 바이에른주의 주도인 뮌헨은 독일 남부 지역의 중심지다. 볼만한 박물관이나 역사 깊은 건축물도 있지만, 많은 이들이 그보다는 맥주를 먼저 떠올릴 것이다. 정확히는 세계적인 맥주 축제 옥토버페스트를 떠올린다. 나 또한 '뮌헨=옥토버페스트'라는 공식이 머릿속에 들어 있어서 뮌헨에 가면 꼭 비어홀에서 맥주를 마셔야 할 것 같았다. 옥토버페스트 기간에 뮌헨에 머물렀다면 그 분위기를 제대로 느껴볼 수 있었겠지만 아쉽게도 내가 방문한 시기는 옥토버페스트 기간은 아니었다.

옥토버페스트는 9월 셋째 주 토요일에 시작해 10월 첫 번째 일요일에 마무리된다. 1810년에 열린 바이에른 왕국 왕세자의 결혼식 파티를 위해 왕실에서 뮌헨 시민 전체를 초대한 것이 옥토버페스트의 유래라고 한다. 현재 옥토버페스트 기간에는 600만 명 이상의 방문객이 축제를 방문한다. 축제 기간에는 시

Neuhauser
Thor
bis zum 1.ten Mai 1791
KARSTADT sports

Karls Thor
seit
erstem Mai 1791
RITUALS...

에서 뮌헨 중앙역 인근 광장에 가건물을 여러 개 설치하고 수많은 방문객들이 이곳에 모여서 맥주를 즐긴다. 사실 이 시기에는 숙박비도 많이 오르고 숙소 자체를 구하기도 힘들다. 뮌헨에 숙소를 구하지 못해 인근 도시에서 숙박을 하며 뮌헨을 오가는 여행자들도 많다고 들었다. 나는 시끌벅적한 분위기를 좋아하는 편이 아니라 어느 도시든 축제가 없는 기간에 여행하는 것을 선호하지만 동시에 축제 구경을 못해 아쉬운 마음도 들었다. 그러나 뮌헨에서는 조금 덜 아쉬워해도 괜찮다. 왜냐하면 뮌헨에서는 언제든 옥토버페스트 맛보기를 할 수 있으니까.

뮌헨은 맥주의 도시답게 훌륭한 비어홀을 여럿 만날 수 있다. 그러니 취향에 맞는 곳을 찾아 맥주를 즐기는 것 자체가 뮌헨의 필수 여행코스다. 뮌헨에 양조장을 가지고 있는 호프브로이, 뢰벤브로이, 아우구스티너의 비어홀이 가장 유명하다. 친구와 나는 그중에서도 가장 대표적인 비어홀로 꼽히는 호프브로이하우스에 방문했다. 호프브로이하우스의 인상은 그야말로 축제 맛보기 그 자체였다. 좋게 말하면 축제 현장 분위기 같았고 나쁘게 말하면 정신이 없었다. 호프브로이하우스는 2천 명이나 수용할 수 있는

HB
MÜNCHEN
HB

대규모 비어홀로 밴드의 라이브 연주와 함께 맥주를 즐길 수 있는 곳이다. 얼핏 들으면 낭만적이지만 저녁이면 2천 석이 거의 빼곡하게 차기 때문에 수많은 사람들의 말소리와 잔을 부딪치는 소리, 웨이터 부르는 소리, 맥주잔과 접시를 나르는 소리, 그리고 밴드의 음악 소리까지 섞여 온갖 소리의 향연이 이어진다. 바로 앞에 앉아 있는 친구와 이야기하는 것도 쉽지 않을 정도다. 저절로 목소리가 높이 올라갔다. 오리지널 생맥주로 시작해 흑맥주, 바이젠 밀맥주 등 우리끼리 자체 맥주 파티를 벌이며 시원하게 맥주를 들이켰다. 술기운이 올라와 서서히 알딸딸해지면 초반에 불편하고 산만하게 여겨졌던 현장 분위기 속으로 자연스럽게 녹아든다. 합석도 자연스럽다. 넓은 비어홀이지만 여전히 테이블에 비해 사람이 많기 때문이다. 같은 테이블, 그러니까 바로 옆자리에도 술에 취한 사람들이 신나게 떠들고 있었다. "여기 빈 자리야?", "어느 나라에서 왔어?" 같은 시시콜콜한 이야기를 주고받기도 했다. 수많은 사람들이 모여 알코올을 즐기는 공간이지만 다행히 주정뱅이는 거의 없는 듯했다.

멀지 않은 곳에서 밴드의 경쾌한 연주가 들려온다.

친구와 잔을 부딪쳤다. 우리의 여행을 위하여! 호프브로이하우스는 그야말로 작은 옥토버페스트다. '작은'이라고 표현했지만 그래도 옥토버페스트의 맛보기인 만큼 호프브로이하우스는 내 인생 최대 규모의 맥주 파티장이었다. 친구와 '짠!'하면서 다시금 생각했다. 와, 여기는 혼자 여행했으면 못 왔겠는 걸? 사람이 많고 소란스러운 현장을 멋쩍어하는 나로서는 이곳에 혼자 왔다면 현장 분위기에 당황해서 다시 발을 돌렸을 것 같다. 그러고는 평생 후회했겠지. 뮌헨까지 갔는데 비어홀도 못 가봤다고. 만약 진짜로 혼자 용기를 내어 착석했더라도 외롭게 맥주를 마셨을 텐데 그건 그거대로 또 이보다 슬픈 일이 더 없을 것 같다. 그렇지만 친구와 함께라면 가능하다! 여행길에서 새로운 경험의 폭이 넓어진다. "한 번 해 볼래?", "해 보자!"하며 용기를 더 쉽게 낼 수 있고 어떤 경험이든 '둘이니까 괜찮아'하며 조금 더 편한 마음으로 낯선 시도를 할 수 있게 된다. 혼자 하는 여행을 좋아하지만 역시나 친구와 함께하는 여행도 좋다. 함께 시도하는 경험의 다양성과 마음의 안정감은 우리의 여행을 풍요롭게 만든다.

Seefeld in Triol, Austria

랜덤채팅 친구의 초대

→ 고등학생 때였다. 당시 내가 다니던 학교에서는 글로벌 랜덤 채팅이 유행했었는데 사이트에 접속하면 세계 어딘가에서 접속한 누군가와 1:1로 랜덤 채팅이 시작되는 식이었다. 마테오 Matteo 가 바로 그렇게 만났던 친구였다. 당시 마테오는 나보다 1살 아래인 이탈리아 학생이었고 채팅창으로 이야기를 나누다 페이스북 친구가 되었다. 그렇게 간간이 메시지와 좋아요로 소통했지만, 시간이 흐르면서 실제로 마테오를 만날 일이 생기리라고는 깊게 생각해보지 못했던 것 같다. 그러나 마테오는 내가 유럽에 간다는 소식을 접하자마자 바로 연락을 주었다.

"드디어 유럽에 오는 거야? 내가 일하는 호텔에 오면 좋겠다! 나는 지금 오스트리아의 제펠트인티롤이라는 작은 도시에서 일하고 있어. 네가 오면 공짜로 숙박시켜줄게!"

본인이 일하는 호텔에 초대해 주겠다고? 얼떨떨한 상태로 기존의 여행 스케줄을 변경해 제펠트인티롤에서 하룻밤을 묵기로 했다. 같이 동행하는 친구도 얼결에 나를 따라 제펠트인티롤에 방문하게 되었다.

이름도 생소한 제펠트인티롤은 오스트리아 서쪽, 그러니까 알프스 산자락에 있는 작은 도시였다. 사실 도시라기보다는 마을에 가깝다. 동아시아에 사는 우리에게까지는 이름이 알려지지 않았던 모양이나 유럽인들에게는 나름대로 사랑받는 휴양지였다. 특히 겨울철 스키를 탈 수 있는 휴양지로 유명하다고 한다.

마테오가 일하는 호텔은 내가 평소에 여행하면서 숙박했던 곳들과는 비교도 안 되는 고급호텔이었다. 목가적 분위기의 호텔에는 수영장과 다양한 레저 부대시설이 있었다. 마테오는 우리에게 더블 침대 2개가 있는 방을 배정해주었는데, 화장실마저 2개인데다 발코니까지 달려있는 객실이었다. 상상 이상의 후한 대접에 정말 놀랐다. 이곳이 정녕 매번 저렴한 숙소를 찾아 헤매던 내가 묵어도 되는 곳인가? 너 알고 보면 혹시 사장 아들이냐, 혹시 큰 비리를 저지르는 것이 아니냐, 이런 종류의 질문을 몇 번이나 했지

RESERVED
St. Peter

만 마테오는 자신이 사장 아들은 아니지만 공짜로 묵어도 괜찮다고 했다. 랜덤 채팅창이 호텔숙박권으로 이어지는 기적이라니, 아마 전교에서 내가 그 채팅창으로 가장 유의미한 결과?를 낸 학생일 것이다.

마테오는 거의 밤 10시가 되어 퇴근했고 우리는 그제야 마테오와 그의 친구 동료직원과 함께 노닥거릴 술집으로 향했다. 술집은 전형적인 미국 술집 같았다.

“지선을 실제로 볼 수 있을 거라고는 생각도 못했어! 고등학교 때 채팅하다 만났는데 참 친절한 애였지.”

당시의 내가 그렇게나 ‘so kindly’ 했다는 칭찬을 받아 멋쩍게 웃었다. 내 기억엔 마테오는 영어가 능숙해서 굉장히 타자를 빨리 쳤는데, 나는 뜻을 바로 이해하지 못해 사전을 찾고 내가 무슨 말을 하고 싶은지 또다시 사전을 뒤져 가며 영작하느라 시간이 오래 걸려서 미안했던 기억뿐이다. 그저 한때의 인터넷 친구로 남길 수도 있었을 텐데 직접 초대하여 후한 대접을 해 주는 것도 정말 감동이었다. 반면 우리가 줄 수 있는 건 한국에서 사 온 조촐한 기념품뿐이라 수줍게 선물만을 내밀 뿐이었다. 마테오처럼 나

200

도 사소한 연을 맺은 누군가에게 이렇게 친절을 베
풀 수 있는 사람이 되면 좋겠다고 생각했다.

다음 날, 마테오의 안내를 받으며 제펠트인티롤의 숲
과 마을을 산책했다. 제펠트인티롤은 알프스 산자락
에 있는 만큼 모든 풍경이 예뻤다. 숲길도 예쁘고 목
가적인 식당도 예쁘고 길거리에 피어있는 꽃들도 다
예쁘달까. 산과 들, 꽃과 나무, 하늘과 구름이 모두 아
름다운 곳이다. 들판 위에 놓인 그림 같은 랜드마크
성당 Seekirchl의 구글 리뷰에는 '못생긴 사진을 찍는
것이 매우 어렵다'라는 후기가 있었다. 산책 막바지
에 기념품 숍에 들러 제펠트인티롤을 기억할 마그넷
을 하나 골랐다. 그림 같은 도시인만큼 액자 프레임
을 두른 마그넷엔 들판 위의 성당이 알프스를 배경
으로 고고하게 서 있다. 내게 있어 제펠트인티롤 또
한 액자 속에 담긴 풍경처럼 서정적으로 존재하는
도시가 되었다.

Germany
Czech
Austria
Hungary
Switzerland
Slovenia
Croatia
Bosnia
and
Herzegovina
ROMA
Rome, Italy

나도 있어, 로마의 휴일

→ 로마의 민박집에서는 5박을 머물렀다. 로마에 단 2~3일 정도만 머무르고 떠나는 이들이 많다는 걸 고려하면 길게 머무른 편이었다. 도착 첫날엔 민박집에 체크인한 후 무료로 진행되는 야간 워킹투어, 그 다음날에는 바티칸시티 투어에 참여했다. 셋째 날에는 콜로세움을 비롯해 로마의 유명 관광지를 돌아보았으며, 넷째 날엔 관광버스를 타고 폼페이와 남부해안 마을로 떠나는 일일투어를 다녀왔다. 그러고 다음날엔 근교도시인 티볼리까지 다녀왔으니 알차게 일정을 꽉꽉 채워 로마에 머문 셈이다. 그리고 지금부터 할 이야기는 로마에서 머무른 마지막 날에 관한 이야기다.

여행의 마지막 날, 저녁 6시 이후에 비행기를 탈 예정이었기에 체크아웃 시간에 맞춰 민박집에 짐을 맡기고 밖으로 나섰다. 안토니오 Antonio 가 차를 몰고 민박집 앞에 마중 나와 있었다.

"안녕? 잘 지냈어?"

"응. 잘 지냈지! 넌 어때?"

안토니오는 몰타에서 어학연수를 할 때 만난 어학원의 같은 반 학생이었다. 로마를 여행할 당시 나는 아직 몰타에서 어학원을 다니는 중이었던 반면, 안토니오는 몰타를 떠나 로마로 돌아간 상태였다. "로마에 오면 날 불러!"라는 말만 남기고 먼저 졸업한 셈이다. 안토니오는 전형적으로 사람을 웃기는 타입은 아니었지만 은은하게 웃긴 타입이었다. 가끔은 자학개그를 자처해서 하기도 하고 평소에는 조용히 있다가도 할 말이 있을 때는 얼굴이 벌게지도록 열변을 토하기도 했다. 그의 영어 발음에는 이탈리아 억양이 많이 묻어있어서 마치 한 편의 연극을 보는 듯 했다.

나를 태운 안토니오의 차는 신나게 로마의 도로 위를 달렸다. 차는 사실상 고물차와 큰 차이가 없었으나 아주 잘 굴러갔다. 창문을 모두 열고 바람을 쐬며 달리는데, 당연한 말이지만 창밖이 너무나도 로마 그 자체였다. 눈 닿는 곳이 모두 로마라니! 내가 로마에서 차를 타고 달리고 있다니! <로마의 휴일>의 앤 공주가 이런 기분으로 일탈하듯 로마를 누볐을까.

그러나 안토니오의 운전 스타일은 그다지 얌전하진 못했다. 사실 이탈리아 사람들은 대체로 운전을 험하게 하는 편이다. 안토니오 역시 다른 이탈리아 사람들과 크게 다르지 않았다. 그가 평소엔 조용하다가 할 말이 있으면 목소리가 높아졌던 것처럼, 젠틀하게 마중 나왔던 안토니오는 운전을 하면서 조금씩 돌변하기 시작했다.

"뭐야, 운전을 왜 저따위로 해? 빨리 가 버려!"

이탈리아 사람도 우리랑 똑같구나…. 한국과 이탈리아는 은근히 비슷한 점이 많은 것 같다. 운전대를 잡으면 유난히 다혈질이 되는 사람이 많은 것조차도. 이탈리아 운전자들은 운전을 험하게 하는 편이지만 그래도 보행자에게는 친절해서 고마웠다. 사람이 서 있으면 언제나 먼저 멈춰주었던 로마의 운전자들을 기억한다.

비록 격렬한 드라이브를 체험시켜주었지만 이날 안토니오는 단 하나의 작은 사고도 없이 외국인 관광객에게 멋진 하루를 만들어주었다. 내가 여간한 유명 관광지는 다녀왔기 때문에 안토니오 입장에서도 이 친구를 어디로 데려가야 하나 고민이 많았을 것이다. 게다가 나는 "어디든 좋아!"라는 가장 어려운 미션을 주기까지 했다. 내가 다녀온 곳들을 듣던 그는 마음을 굳힌 듯 첫 목적지에 나를 데리고 갔다.

첫 번째 목적지는 산 피에트로 인 빈콜리 성당이었다. 가지고 있던 두꺼운 이탈리아 가이드북의 성지 순례 파트에 소개된 곳이어서 종교가 없는 나로서는 별다른 관심이 생기지 않아 읽지도 않고 넘겼던 곳이었다. 이 성당은 겉으로 보기에는 성당인지도 모를 만큼 수수하게 생겼지만 다른 성당과는 차별화되는 지점이 있었다. 예를 들어, 성 베드로가 감옥에 갇혀 있을 때 그의 발을 묶었던 2개의 쇠사슬이 있다. 성당 벽면에 있는 실물 크기의 정교한 해골 부조도 인상 깊었다. 게다가 이곳에는 미켈란젤로가 만든 모세 상이 있기도 하다. 여러모로 꽤 특색 있는 성당이지만 로마에 대단한 볼거리들이 워낙 많은지라 인지조차 못했다는 점에서 오히려 로마라는 도시의 위용이 느껴졌다.

여기서 하나의 반전이 있었다. 안토니오가 나를 이곳으로 데려온 이유는 성당 때문이 아니었다. 성당

PIVS·IX·PONT·MAX
ANN·VII

은 의아하게도 사피엔자 대학교의 토목 및 산업 공과대학 건물과 이어져 있었다. 안토니오는 바로 이 대학의 출신이었던 것이다. 안토니오는 내게 자신의 출신 대학교 구경을 시켜주고 싶었던 거였다! 자세히 보지 않으면 성당인지도 모를 만한 곳에 화려한 성당이 있었고, 더더욱 대학교일 것이라고는 상상이 안 되는 공간에 학교가 있었다. 과거 이탈리아에서는 성당과 수도원이 교육 기관을 겸하는 일이 많았기 때문에 그러한 역사의 일환으로 현재도 종교 기관과 교육 기관이 혼재되어 있는 경우가 많다고 한다. 졸업생과 함께 로마의 대학을 둘러보는 일은 무척이나 진귀한 경험이었다. 마치 신성한 유적지로 들어가는 듯했으나 건물 내부는 오히려 오래된 중고등학교와 닮아 있었다. 기분이 묘했다. 단순한 관광객이었다면 볼 수 없었을, 로마가 감추어둔 속살을 들여다본 느낌이다. 주말이어서 교내에 학생이 많지는 않았지만, 몇몇 학생들의 호기심어린 눈길을 제치고 안토니오는 대학시절을 회상하며 수업을 들었던 교실을 하나하나 소개해주었다. 이렇게 사적이면서도 흥미로운 여행지라니, 안토니오는 여행코스 짜기에 상당한 재능을 가지고 있는 것 같다.

점심에는 여행지라기보다는 로마의 현지인들이 주로 찾는 트라스테베레 지역으로 향했다. 테베레강만 건너면 이 지역으로 갈 수 있는데 강을 건너는 것 자체만으로 특별한 기분이다. 곳곳의 작은 광장과 골목골목이 매력적인 트라스테베레 지역은 로마답게 과거의 정취가 묻어 있으면서도 현재의 시간이 흘러가고 있었다. 아무래도 로마에선 어딜 가나 관광객이 많이 보였지만 이곳만큼은 활기찬 주말을 즐기는 현지인들이 눈에 들어왔다. 헤어지기 직전, 안토니오는 로마가 한눈에 내려다보이는 조그마한 언덕도 소개시켜 주었다. 파올라 분수 앞에 정차한 뒤 이번 여행의 마지막이 될 풍경을 바라보았다. 주홍빛으로 빛나는 역사 깊은 도시는 지금도 여전히 살아 숨 쉬는 도시로서 내 눈앞에 존재했다. 언젠가 로마에 다시 오고 싶다고 생각하며, 그리고 나의 특별한 일일 가이드에게 감사를 표하며 이번 여행을 마무리한다.

그라찌에, 안토니오!

Germany
Czech
Austria
Hungary
Switzerland
Slovenia
Croatia
Bosnia
and
Herzegovina
Positano
Positano, Italy
Sorrento, Italy
SORRENTO

일회용 절친에 대하여

→ 일상에서 만난 사람과는 성향이니 취향이니 가치관이니 여러 가지를 따지다 보니 쉽사리 누군가와 친해지진 못하지만 유독 여행지에서 만난 이들과는 곧잘 친해지곤 한다. 여행지는 모든 것이 낯선 환경이기에 한껏 예민해진 감각이 신선한 자극으로 다가오기도 하지만 동시에 마음을 쉽게 불안하게 만든다. 이럴 때 같은 언어를 모어로 쓰는 누군가를 만난다면 과연 큰 의지가 된다. 여행 중 만난 한국인들끼리는 실시간 여행 정보를 주고받기도 하고 서로의 말동무가 되어주기도 한다. 여행 중 서러운 일을 당했을 때는 한국어로 마음을 털어놓는 것만으로도 큰 의지가 되고, 일부는 여행하는 동안 절친한 친구가 되어 주기도 한다. 그는 배낭여행 중 마주친 여행자일 수도, 패키지에서 함께 팀을 이루게 된 동행자일 수도, 현지에서 공부하는 유학생일 수도, 현지에 정착한 교민일 수도 있다. 여행지에서의 즐거운 순간을 나눈 이들과는 한국에 돌아가서도 연락하자며

한국에서 맛있는 밥 한 끼 사겠다며 서로의 연락처를 교환하지만 사실 약속이 이행될 확률은 극히 낮다. 여행이 끝난 우리는 일상으로 돌아가 회사도 가야 하고 학교도 가야 한다. 다시금 휘몰아치는 일상 속에서 우리는 머지않아 서로의 얼굴도 이름도 가물가물한 사이가 될 것이다. 그럼에도 우리는 언제나 이루어지지 못할 약속을 한다. 우리의 여정은 아름다웠고, 언제나 그때의 마음만큼은 진실하므로.

유럽에서 여정을 함께 나눈 이들을 기억한다. 런던에서 같은 도미토리를 썼던 유학생과는 함께 펍에서 시간을 보냈다. 파리의 한인 민박에서 만난 여행자들과는 에펠 탑이 보이는 민박집에서 함께 술잔을

216

기울였고, 근교로 떠났던 투어에서 만난 이는 알고 보니 같은 과 후배였던 적도 있다. 우리 과는 입학생이 적은 학과였기 때문에 서로 놀랐다. 스냅사진을 찍어준 사진사 언니는 내가 파리에 머무는 내내 여행 팁을 알려 주었고 일정 막바지에는 함께 카페에 가기도 했다. 부다페스트 호스텔에서 만난 한국인 여행자는 아일랜드 유학생이었고 함께 핫플레이스를 쏘다녔다. 그 외에도 길고 짧게 스쳐 갔던 몇몇 인물이 떠오른다. 로마에서 만난 A언니는 그중에서도 가장 기억에 남는 인물이다.

A언니를 처음 만난 건 바티칸시티 투어 때였다. 로마에는 한국의 여행사에서 운영하는 투어 프로그램이 많기 때문에 자유여행으로 왔더라도 가이드의 설명이나 차량 이동이 필요할 경우 일일투어 프로그램을 이용하는 것이 좋다. 바티칸에서는 가이드의 해설이 여행의 질에 절대적인 영향을 끼치기 때문에 많은 배낭여행자들이 가이드 투어에 참여한다. 바티칸시티 입장을 기다리며 혼자 온 여행자인 나는 가족이나 커플 여행자들 사이에서 머쓱하게 서 있었다. 이때 동병상련의 처지인 A언니가 눈에 들어왔다. 우리는 이날 함께 투어를 다녔고 함께 점심을 먹었으며 함께 산피에트로 대성당의 쿠폴라에 올랐다.

바티칸에서 나와 젤라또를 나눠 먹을 때 즈음엔 우리는 이미 친구가 되어 있었다. 이야기를 나누다보니 A언니도 나처럼 이틀 뒤에 같은 여행사에서 진행하는 남부 투어를 신청했다고 했다.

"우와, 정말 잘됐다! 우리 남부 투어도 같이 다니자!"

그렇게 우리는 이틀 뒤에 있을 남부 투어에서도 함께 다니자는 약속을 했고, 당장 내일은 무엇을 할 것이냐는 질문을 주고받다가 다음날에도 함께 콜로세움과 포로 로마노를 구경했다. 고로 3일 연속 A언니와 일정을 함께한 셈이다.

여행사마다 다양한 이름으로 운영되지만 소위 '남부 투어'라 요약되는 이 투어는 한국인들만 가능한 극한의 투어 프로그램으로 불리기도 한다. "코리안들의 남부해안 투어는 말이죠. 아침 6시에 테르미니역에서 출발해 오전에는 폼페이를 관광하고 점심을 먹은 후 다시 남부해안을 따라 내려가 소렌토, 포지타노의 마을과 해안을 둘러본 뒤 페리를 타고 살레르노까지 가서 다시 버스를 타고 로마로 돌아오면 밤 10시가 되는 프로그램이에요."라고 말하면 어떤 외

국인들은 그게 가능한 스케줄이냐고 묻는다. 하지만 한국인들의 입장에서는 시간이 금이라 어쩔 수가 없다. 당시 나의 경우에는 시간보다 저렴한 금액, 즉 가성비가 중요한 상황이었다. 남부의 인기 여행지들을 한 번에, 그것도 저렴하게 다녀올 수 있다니! 그리고 폼페이에서만큼은 가이드의 해설이 있는 편이 좋을 것이라는 판단이 섰다.

A언니와 나는 남부해안도로를 달릴 준비가 된 버스 둘째 줄에 나란히 앉았다. 옆자리에 앉을 내 일행이 정해져 있다는 점에서부터 커다란 편안함을 느꼈다.

"두 분은 혹시 원래 친구 사이예요?"
"아니요. 엊그제 처음 만났어요."
"이야기가 끊이지 않기에 원래 아는 사이인 줄 알았어요."

장시간의 버스 이동도 여행지에서의 자유시간도 A언니와 함께여서 전혀 지루하거나 머쓱하지 않았다. 딱 한 살 차이였던 우리는 비슷한 시기에 학창시절을 보냈고 비슷한 대중문화를 향유하며 자랐다. 어릴 때 봤던 애니메이션 이야기부터 별의별 이야기를

다 나눴는데 마치 다시 10대로 돌아간 기분이었다. 낙엽만 굴러가도 깔깔 웃던 시절처럼.

A언니를 떠올리면 언니가 입었던 파란 원피스와 뽀글뽀글한 머리카락이 떠오른다. 소렌토의 전망이 떠오르고 새파란 해안가와 지중해의 햇살이 떠오른다. 포지타노의 꽃들이 떠오르고 새콤한 레몬향이 떠오른다. 신발을 벗고 바다로 들어갔을 때 들이치는 파도의 촉감이 떠오른다. 언니의 부산 말씨가 어렴풋하게 울린다. 그러나 언니의 이름은 더 이상 떠오르지 않는다. 우리는 여행 이후 단 한 번도 연락을 한 적이 없기 때문이다. 카카오톡에 저장되어 있겠지만 오랜 시간 연락을 하지 않아 이제는 누구인지도 모르겠는 수많은 이름들 중 하나가 되었다. 이 글에서 A언니는 이름을 기억할 수 없어 A언니가 되었다. 그럼에도 내 기억 속 언니는 반짝이는 지중해의 볕처럼 저장되어 있다. 이제는 이름도 얼굴도 흐릿하지만 언제나 언니는 내게 있어 영원한 로마의 절친이다. 로마의 햇살, 지중해의 푸른 바다를 추억할 수 있는 소중한 사람이다. 여행이 끝나면서 우리의 짧은 우정도 마무리되었지만 여행지의 풍경과 함께한 우리의 우정은 그 자체로 사랑스럽고 찬란했다.

Croatia
Serbia
BiH
Montenegro
Kosovo
North
Macedonia
Italy
Albania
MALTA
Malta

지구 반대편의 사람들

→ 유럽의 많은 지역들이 내게 여행지로서 존재했다면 몰타는 여행이자 동시에 삶으로서 존재했던 곳이다. 지중해에 있는 아주 조그마한 섬나라 몰타에는 많은 추억들을 뿌리고 왔다. 이 책에 실린 수많은 여행지의 거점 도시는 내게 있어서만큼은 몰타에 있는 나의 집일지도 모른다. 집이라기엔 맞지 않는 표현일 수도 있지만, 일단은 체류비자를 받았고 주소를 적어 내었으니 집이라고 불러도 되려나. 몰타는 몰타어와 더불어 영어를 공용어로 쓰는 나라다. 이탈리아 시칠리아섬 밑에 작은 점처럼 콕 찍혀 있는 나라. 몰타섬의 크기는 제주도의 6분의 1로 섬에서 가장 멀리 떨어진 끝과 끝을 대각선으로 이어 가장 먼 길을 달려도 자동차로 50분이면 충분하다. 이런 조그마한 나라지만 동시에 세계에서 단위 면적당 세계문화유산이 가장 많은 나라이기도 하다. 황토빛 라임스톤의 건물이 놓여 있는 비밀스런 나라. 이곳에 잠시나마 내가 살던 집이 있었다.

2017년 4월부터 8월까지 약 5개월 간 봄과 여름에 걸쳐 몰타에 있는 집을 내 집이라 생각하고 머물렀다. 사실 '하우스'나 '홈' 같은 단어를 써 본 적은 없고 우리끼리는 이곳을 '레지던스'라 칭했다. 우리는 모두 세계 각국에서 몰타로 어학연수를 온 학생들이었다. 유럽에 속한 나라인 만큼 유럽에서 온 친구들이 가장 많았고 이들 중 대다수는 한 달 정도만 머무르고 떠났다. 장기 체류를 하는 학생들은 아시아와 남미에서 온 친구들이었다.

우리들의 일상은 단순했다. 오전에는 학원에 가서 수업을 듣는다. 그리고 정오가 되어 레지던스로 돌아오면 함께 점심을 만들어 먹고는 밖으로 나가서 몰타 곳곳을 여행했다. 사실상 영어를 각 잡고 배운다기보다는 겸사겸사 영어 공부도 하고 놀러 다니는 곳이었다고 봄이 더 옳을 것이다. 이곳에서는 모두가 오고 떠나는 기간이 다르다보니 거의 매주 새로운 하우스메이트가 들어오고 나가는 일이 반복되었다. 처음 사귄 친구들이 레지던스를 떠날 때는 허한 마음이 들었지만, 나중에는 새로운 만남과 헤어짐에 지쳐 누가 새로 오는지 신경도 쓰지 않고 살았다. 개인적으로 유럽 방방곳곳으로 자주 여행을 다니느라

바쁘기도 했고, 처음 사귄 친구 대부분이 떠난 6월 즈음엔 더위와 인간관계에 지쳐 방에만 고립되어 있기도 했다.

참 수많은 인연들이 있었다. 학원 안팎에서 만난 다양한 국적과 다양한 연령의 사람들과 크고 작은 연을 맺었다. 크고 작은 인연들은 사랑이 되기도 우정이 되기도 악연이 되기도 했다. 공간적 특성 상 한국 친구들과는 서로 의지하며 친하게 지냈는데, 시간이 흘러 돌이켜 보면 같은 공간에서 친밀하게 지냈던 사람들은 다수가 연이 끊겼고 오히려 다른 학원에 다니고 다른 집에 살던 친구와는 지금도 꾸준히 연락하고 있다. 인연이란 참 기묘하다.

아름다운 섬 몰타에는 보석 같은 여행지가 많다. 여행지의 숫자만큼 다양한 일행들과 매번 다른 여행을 떠났다. 그래서 몰타 각지의 여행지에는 그 사람과의 추억이 함께 담겨있다. 발레타를 떠올리면 몰타에서 처음 사귄 외국인 친구들이, 골든베이를 떠올리면 4개국 걸즈 동맹이, 블루그로토를 떠올리면 친한 동생이 생각나는 것처럼. 각각의 여행지에는 시간을 공유한 사람들의 얼굴이 함께 떠오른다. 때로는 단 둘이었고 때로는 열 명씩도 되었다. 비록 더 이상 연락하지 않거나 안 좋게 끊어진 인연일지라도 기억 속 여행지에서만큼은 그 사람이 해맑은 미소로 웃고 있다. 언젠간 이름도 얼굴도 모두 잊힐 때가 오겠지만, 몰타의 노란 볕과 에메랄드 빛 바다처럼 모든 추억이 시간이 흐를수록 점점 더 아름답게 퇴색되기를 바란다.

4부   비현실의 현실 》

시공간이 뒤틀린 어딘가에 지구가 숨겨 둔 비밀스런 공간이 있다. 디즈니 영화 속으로 들어가면 이런 풍경을 만날 수 있을까? 로맨스판타지의 주인공으로 눈을 뜬다면 가능한 일일까? 멀티버스 세계관 속의 또 다른 나는 이런 세계에서 일상을 보내고 있을까? 이 세상의 풍경이 아닌 것 같은, 여행에서 만난 비현실적으로 아름다운 장소와 순간들에 대하여.

Germany
Czech
Austria
Hungary
Switzerland
Milan, Italy
Slovenia
Croatia
Bosnia
and
Herzegovina
MILANO
ITALY

지붕으로의 소풍

Milan, Italy

→ 밀라노라고 하면 이탈리아를 대표하는 패션의 도시라는 별명과 고딕 양식의 커다란 두오모가 먼저 떠오른다. 서양미술사에 르네상스를 가져온 레오나르도 다빈치의 역작 <최후의 만찬>도 밀라노에 있다. 밀라노 중앙역은 세계에서 가장 아름다운 기차역 중 하나로 꼽히는데, 영화 <냉정과 열정 사이>의 마지막 기차역 장면도 이곳에서 촬영했다. 그럼에도 많은 이들이 이탈리아를 여행할 때 밀라노를 제외하곤 한다. 사실 그 심정이 이해가 되지 않는 것은 아니다. 이탈리아라는 나라는 볼거리가 너무 많고 우리는 시간이 없으니까.

결국 밀라노를 포기하게 되는 이유도 짚어 본다. 일단 밀라노의 유력한 매력 포인트 중 하나인 <최후의 만찬>과 만나는 게 쉽지 않다. 성당 측이 작품 보호를 위해 한 번에 입장 가능한 사람의 수를 극히 제한해 두었기 때문에 여행자는 몇 달 전부터 치열한 예약을 해야 한다. 준비성이 매우 철저한 타입만이 <최후의 만찬>과의 만남이 주어진다. 물론 나도 실패했다. 밀라노는 패션의 도시로도 유명하지만 밀라노에서 마주친 사람들이 유독 패셔너블하다든가 하는 인상도 딱히 못 받았다. 명품 거리나 교외 아웃렛 쇼핑에 관심이 있지 않다면 그다지 매력적인 여행지가 아닌 것 같다. 밀라노 중앙역도 아름답긴 하지만 기차역에서 기차 타는 것 말고 딱히 할 거리가 있는 것도 아니었다. 어쩌다보니 이 도시에 대한 험담 같은 말들을 쭉 늘어놓게 되었지만 그럼에도 나는 밀라노에 반나절쯤은 할애해 보는 게 어떻겠냐고 강력하게 권해 본다. 왜냐하면 두오모만큼은 어느 곳과도 대체 불가하기 때문이다.

별다른 매력을 느끼지 못했던 밀라노였지만, 두오모가 눈에 들어오는 순간부터는 그 위용과 아름다움에 감탄사가 절로 나왔다. 세상에 이런 건축물이 존재하다니. 두오모를 처음 만난 순간부터 나는 밀라노에 오길 잘했다고 생각할 수밖에 없었다. 얼핏 보면 뾰족뾰족한 거대 장난감 집 같기도 한 두오모는 상앗빛 대리석으로 건축되어 화사하게 반짝인다. 스스로 뽀얗게 빛나는 듯한 대성당은 그야말로 압도되는

236

성스러움이자 순수함이었다. 대리석 벽면에는 섬세한 조각들이 가득했고 높게 뻗은 기둥 위로는 수많은 첨탑들이 하늘을 찌르고 있었다. 대성당 앞의 너른 광장에는 사람들이 제각각 기념사진을 찍고 있었고, 그들 사이로는 비둘기들이 유유히 걸어 다녔다.

어쩌다가 이런 독특한 모습의 성당이 탄생한 걸까? 이탈리아에서는 매우 드물게 고딕양식의 성당이다. 이탈리아는 오랜 기간 유럽의 중심으로 존재했기 때문에 그들은 알프스 이북의 건축 형식이었던 고딕양식을 한 수 아래로 인식하고 있었다고 한다. 자존심이 새로운 양식을 쉬이 받아들이지 않았으나 밀라노만큼은 북부에 위치해 유럽을 잇는 허브 역할을 하며 새로운 양식을 받아들일 수 있었던 것이 아닐까. 두오모는 1386년에 건축을 시작해 무려 500년간의 우여곡절을 거쳐 완공되었다. 그리고 지금도 나의 눈앞에서 화려하게 반짝이고 있었다.

겉의 화려함만큼이나 내부도 이렇게 멋지려나, 약간의 의심을 품은 채 성당 안으로 들어가 보았더니 높은 천장과 무수히 줄지어진 기둥에서 느껴지는 압도적인 공간감이 여행자를 집어삼켰다. 화려한 스테인

드글라스가 오묘한 분위기를 더욱 자아냈다. 하지만 두오모의 하이라이트는 바로 지붕 위로의 소풍이었다. 종탑의 전망대에 올라 단순히 경치를 즐기는 보통의 대성당과는 달리 이곳에서는 말 그대로 성당의 루프탑을 대중에게 공개해둔 것이다. 겉에서 볼 때는 뾰족한 탑만 가득해 보이는 지붕으로 올라간다는 것 자체가 가능한 일일까 의문이 들었다. 하지만 계단을 오르고 올라 마주한 옥상 테라스는 정말로 환상적인 공간을 가지고 있었다. 올라가보기 전까지는 모른다. 올라가 보아야 안다. 상상하기 힘든 공간이 펼쳐져 있다.

254개의 계단을 밟고 올라간 두오모의 지붕. 고개를 조금만 빼꼼 내밀어 보면 수많은 장식과 첨탑으로 가득한 경사면을 볼 수 있었다. 가까이서 본 지붕 장식은 무척이나 정교한 데다 기하학적으로 빼곡하게 줄 선 모습에 소름끼칠 듯한 위압감마저 느껴졌다. 하지만 지붕 한가운데는 마치 긴 발걸음 끝에 달콤한 휴식을 선사하는 듯한 넓은 테라스가 펼쳐져 있었다. 완만한 계단형으로 만들어진 공간은 마치 개방된 광장 같기도 했다. 사람들은 가방을 베개 삼아 지붕 위에 누워 햇볕을 쬐거나 계단 끝에 걸터앉아

담소를 나누었다. 옥상 광장을 둘러싼 울타리는 바로 두모오의 화려한 첨탑이다. 사람들은 신의 보호 아래 하늘 정원에 누워 햇살을 즐기고 있었다. 사진을 찍고 나서는 한참 동안 계단에 앉아 첨탑 사이로 보이는 시내 풍경을 바라보았다. 선선한 바람이 불어오자 그냥 자리에 누워 잠들고 싶다는 생각이 들었다. 1분만이라도 뒹굴 수는 없을까. 아마 함께 온 일행이 있었다면 내가 잠시 눈을 감는 동안 옆에서 자리를 지켜달라고 부탁했을지도 모르겠다. 하늘 위에 떠 있는 공간, 그리고 첨탑이 울타리가 되어 우리를 지키고, 선선한 바람이 따스한 햇살과 함께 불어오는 공간. 잠시 천국에 올라온 것만 같았다.

Germany
Czech
Innsbruck, Austria
Switzerland
Italy
Innsbruck

알프스를 품은 도시

Innsbruck, Austria

→ 인스브루크로 향할 생각은 없었다. 인스브루크에 간 것은 그저 우연이었다. 여행 계획을 세우고 모든 예약을 마쳤으나 갑자기 친구가 일하는 호텔에 초대를 받게 되어 급히 제펠트인티롤로 가는 일정을 추가하게 되었다. 제펠트인티롤로 가기 위해서는 인스브루크를 경유해야만 했다. 그렇게 얼결에 인스브루크와 만났다.

오스트리아에 있는 인스브루크는 프랑스의 그르노블에 이어 알프스 산자락에서 두 번째로 큰 도시다. 알프스의 목가적인 풍경은 달력의 그림으로 많이 보았지만, 알프스와 도시의 조합은 쉽게 상상되지 않았다. 여러 알파인 국가들이 각각의 알프스 명소들을 가지고 있지만 그럼에도 왠지 진정한 알프스는 역시 윈도우 바탕화면에서 본 스위스라고만 생각했다. 물가가 비싼 탓에 이번 여행에는 스위스를 제한 상태였기 때문에 언젠가 알프스와 연이 닿길 빌 뿐이었다. 하지만 갑작스럽게 인스브루크라는 도시가 내게 찾아왔다. 상상 않던 알프스로의 여행이었다. 그러나 동시에 인스브루크는 전원마을이라기보다는 도시니까 풍경을 크게 기대하지 않는 게 좋을 거라는 생각이 들었다.

그렇게 인스브루크 중앙역에 도착해 첫발을 디뎠을 때였다. 아무 생각 없이 기차에서 내려 플랫폼을 이동했다. 그 순간 얼핏 고개를 들었다가 소스라치게 놀라 외마디 비명을 질러버렸다. 맞다! 여기 알프스였지! 멀지 않은 곳에 거대한 산이 떡하니 줄지어 솟아있었다. 내가 밟고 있는 땅은 도시의 평지인데 코앞에 펼쳐진 전경은 차를 타고 몇 시간은 올라가야 볼 수 있을 것 같은 고봉이었다. 산이 많은 나라에서 태어나 살아왔기에 도심에 산이 보이는 광경 자체가 신기할 이유는 하나도 없었다. 하지만 이곳의 산은 도시 바로 옆에 인위적으로 똑 떼다 놓은 듯이 우뚝 서있었다. 그것도 엄청난 높이의 산이. 아아, 이것이 바로 알프스구나! 아직 스위스에 가보진 못했으니 맛보기 버전을 봤다고 생각하면서도 엄청난 광경에 입이 다물어지지 않았다. 인간 따위가 감히 오르지 못할 것 같은 가파른 산의 정상에는 계절에 아랑

곳 않고 눈과 빙하의 흔적이 남아 있었다. 7월이었다.

말도 안 되게 가까운 산의 거리감. 이를 배경으로 삼은 도시 풍경에 반했기 때문에 인스브루크에서 1박 정도는 할 수 있으면 좋았으련만. 기존의 여행 계획 사이에 강제로 욱여넣어 만든 빠듯한 스케줄 속에서 인스브루크에 머무를 수 있는 시간은 넉넉하게 잡아도 두 시간뿐이었다. 여유롭게 무언가를 할 여유는 전혀 없었고 그저 아주 씩씩하고 재빠르게 구시가를 돌아보아야만 했다.

인스브루크는 역사 속에서 많은 사랑을 받았던 도시이기도 하다. 특히 막시밀리안 1세 1459~1519는 인스브루크를 무척이나 사랑하여 이곳을 수도인 빈에 버금가는 도시로 만들었다. 마리아 테레지아 1717~1780 역시 오랫동안 머물며 왕궁을 짓고 개선문을 세웠다. 개선문을 지나 그의 이름을 딴 마리아 테레지아 거리를 거닐었다. 곧 인스브루크의 상징과도 같은 풍경이 등장한다. 나의 마그넷에 고스란히 담겨 있는 풍경이다. 성 안나 탑을 중심으로 양옆으로는 파스텔 톤의 건물이 들어서있고 보행자 거리는 광장이 되어 여행자들의 활기로 가득 차있다. 시선을 조금

VOLKSBAN
Coca-Cola
Coca-Cola

위로 올리면 알프스의 고봉이 도시를 안아 준다. 짙은 초록의 나무들이 빼곡하게 들어서 있고 산봉우리에는 구름 덩어리가 낮게 걸려 있다. 나무도 구름도 가깝게 느껴진다. 아아, 이 산은 배경이 아니구나. 이제야 깨닫는다. 산도 인스브루크 그 자체였다. 알프스가 있기 때문에 인스브루크가 있는 것이라고. 인스브루크는 알프스가 품어 주었기에 존재할 수 있는 곳이었다. 대자연에 압도되면서도 동시에 도시 여행을 할 수 있는 곳이라니, 다시 한번 내가 이 도시를 제대로 품을 기회가 오기를. 그때는 꼭 이곳에서 1박을 할 수 있기를 바라면서. 설산을 품은 이 도시의 아침과 만날 수 있기를 소망해 본다.

Bad Ischl
Hallstatt
Salzkammergut
St. Wolfgang
St. Gilgen
Germany
Czech
Switzerland
Salzkammergut, Austria
Italy

이세계 산속 호반 마을

→ 꿈속인가 싶었다. 같은 지구에 사는데 이런 곳에서 삶을 꾸릴 수도 있다니. 판타지 세계에서나 존재할 법한 곳이 아닌가. 푸른 숲과 청아한 호수, 동화 같은 집과 여유로이 흐르는 시간. 잘츠카머구트는 그런 곳이었다.

잘츠부르크에서 멀지 않은 곳에 있는 잘츠카머구트는 숲과 빙하호수로 둘러싸인 작은 마을들로 이루어져 있다. 보통은 할슈타트, 바트이슐, 장크트볼프강, 장크트길겐 이렇게 네 개의 마을을 칭하는데, 환상적인 자연환경을 품은 이곳의 마을은 유럽에서도 가장 동화같이 아름다운 마을로 꼽힌다. 아름답다는 찬사를 많이 듣고 방문했음에도 정말이지 이곳은 상상 이상의 아름다움을 지니고 있었다. 이런 마을이라면 대도시를 떠나 언제든지 자연에 고립되어 살고 싶었다. 고전 동화나 디즈니 만화 속에서나 가능할 법한 상상이 현실이 되어 눈앞에 존재했다.

네 개의 마을 중 가장 큰 마을이자 잘츠카머구트의 중심이라고 할 수 있는 바트이슐에 하룻밤의 여정을 풀었다. 하얀색과 노란색의 시멘트가 칠해진 벽을 제외하고는 전부 목재로 이루어진 호텔이었다. 동화 속에서 여관을 돌아다니던 옛 여행자들은 이런 곳에서 여정을 풀지 않았을까? 숙소의 객실은 마치 아늑한 오두막집 같았고 짙은 갈색의 나무로 만든 공간은 머무는 내내 마음을 차분하게 진정시켜 주었다.

세차게 내리는 비를 뚫고 바트이슐을 한 바퀴 돌았다. 강가에 자리한 집들은 밝은 파스텔 톤으로 칠해져 비가 오는 흐린 날에도 특유의 운치를 잃지 않았다. 여름을 머금은 푸릇한 나무와 풀, 마을 곳곳을 장식한 색색의 꽃들이 마을의 운치를 더해 갔다. 비가 오는 날조차 이렇게 낭만적일 수 있다니. 축축한 날씨가 전혀 원망스럽지 않았고 멜랑콜리한 분위기조차 화사하게 만개한 꽃 같았다.

숙소로 돌아와 유리창 밖으로 초록 가득한 뷰가 보이는 식당 칸으로 갔다. 마을을 돌면서 사온 탐스러운 조각 케이크와 숙소에 비치된 홍차로 식탁 위를 세팅했다. 창밖에는 숲과 연못뿐이라 보이는 모든 것이 초록이었고, 실내에도 키 큰 식물이 화분에 앉아 존재감을 발휘하고 있었다. 포크로 달콤한 케이크를 찍어 먹고는 바로 홍차를 들이켰다. 천장에 토독토독 빗방울 떨어지는 소리가 들렸다. 고개를 들어 천장을 바라보았다. 유리로 된 천장에서 빗방울이 떨어져 튕기는 모습이 그대로 눈에 들어왔다. 유리창을 통해 가끔씩은 엷은 햇살이 들어오기도 했다. 다른 손님이 없었기 때문에 한동안 좋아하는 노래를 틀어두었다가 껐다. 달리 음악이 필요 없었기 때문이다. 적막 속에서 떨어지는 빗방울 소리가 그 자체로 빗방울 전주곡이었다.

다음날은 해가 뜨자마자 부지런을 떨었다. 스케줄이 빠듯했기 때문에 아침부터 할슈타트로 가기 위해 바트이슐 기차역으로 향했다. 할슈타트로 향하는 첫 기차였다. 차창 밖으로는 산과 들이 가득한 전원의 풍경이 가득했고 점박이 야생토끼 가족을 보기도 했다. 할슈타트에 도착한 시간이 아침 7시 반. 손에 꼽힐 만큼 소수의 여행자들이 아침 첫 기차에서 내렸고 여행자들의 시야에는 거대한 협곡과 짙은 초록의 산, 그리고 아침 윤슬로 반짝이는 거대한 할슈타트 호수가 있었다. 깊은 산세와 호수가 만들어 낸 상상 이상의 풍경에 입에서는 감탄만이 쏟아져 나왔다. 호수 건너 보이는 마을은 무척이나 평화롭게 느껴지면서도 동시에 강렬한 배경에 절대 지지 않는 존재감을 드러내고 있었다. 협곡과 빙하호수 때문인지 마치 <겨울왕국>에 나오는 아렌델 왕국의 전경 같기도 했다. 우리를 태운 페리는 유유자적 호수를 건넜다. 아침의 가라앉은 공기는 마을과 호수를 더욱 신비롭게 만들었다. 촉촉한 숲내음이 느껴졌다.

할슈타트는 잘츠카머구트를 대표하는 곳이다. 확신의 달력 풍경이었다. 달력 속 풍경에는 과장이 있을 법도 한데 내 눈으로 본 할슈타트에는 과장 따윈 없

었다. 그저 나라는 사람이 온전한 달력 풍경 속으로 들어와 있었다. 정말이지 이렇게 비현실적인 풍경이라니. 푸른 협곡을 뒤로한 묵가풍의 집들은 호수의 경치를 바라보듯 줄지어 있었다. 삐죽이 솟아오른 교회의 첨탑이 마을의 균형을 잡고 있는 듯했다. 호숫가로 다가가자 한 쌍의 백조 커플이 호수 위를 노닐고 있었다. 숱하게 사람을 보아왔을 텐데도 내가 가까이 다가서자 백조도 호기심 어린 표정으로 내게 다가왔다. 손을 뻗으면 만질 수 있을 듯한 거리였다. 우리 백조 친구는 이 아름다운 호수에서 천수를 누리려무나.

호숫가에서 한참 그네를 타다 마을 구경에 나섰다. 이른 아침이라 광장에도 사람 두엇 정도만 보였다. 그 어떤 가게도 아직 문을 열지 않았다. 몇 시간 후면 이 곳이 관광객으로 가득 찬다는 사실이 믿기지가 않았다. 아, 시간대에 따라 같은 장소라도 이렇게 다른 경험이 될 수 있구나. 블로그에서 본 몇몇 후기들은 할슈타트에 사람이 너무 많아서 풍경을 감상할 기분이 나지 않았다고 했다. 나는 그저 시간이 빠듯해서 이른 아침부터 할슈타트에 들른 것이지만 그 덕분에 무척이나 고요한 할슈타트와 만났다. 한

258

적하고 평화로운 할슈타트의 아침. 들리는 것은 오직 자연의 소리 뿐. 길가다 마주치는 사람보다 마주치는 동물이 더 많았던 곳. 내게 할슈타트는 아름다운 산속의 호반마을, 아니 거의 다른 세계에서나 존재할법한 곳으로 기억된다. 허황된 상상일지라도 이런 마을에서 글을 짓고 사는 나를 상상해본다. 확신의 저녁형 인간으로 살아온 나지만 할슈타트에서만큼은 아침형 인간이 될 수 있을 것 같다. 이곳의 아침을 놓치면 하루하루가 무척 아쉬울 테니. 목재로 만든 집에 테라스를 두고 아침마다 홍차를 마시며 글을 쓰는 상상을 해 본다. 상상은 자유니까. 상상 속에서의 나는 행복하다.

돌아오는 길엔 버스를 탔다. 다시 바트이슐에 들러 숙소에서 체크아웃하고 장크트볼프강으로 향했다. 이곳은 조금 더 호반의 휴양지 같은 느낌이다. 호수며 산, 호숫가의 길과 마을 모두 트여있는 느낌이었다. 호수 위로는 유람선이 다니고, 사람들은 레저스포츠를 즐기기도 한다. 젤라또를 사서 호숫가 벤치에 앉아 막간의 여유를 부렸다. 호숫가에 정갈하게 관리된 꽃과 나무를 보니 이곳이 사랑받는 휴양지임이 느껴졌다. 장크트볼프강에서 유람선을 타고 40

분 정도 호수 위를 달리면 장크트길겐에 도착한다. 잘츠카머구트의 마지막 목적지다. 잘츠카머구트에서는 이동 그 자체가 여행이 된다. 유람선을 타고 볼프강 호수를 건너고 있자니 또 다른 세계로 들어와 있는 기분이다. 빙하호의 특징답게 호수의 일부는 아주 환상적인 에메랄드빛을 띠고 있었다. 호수 위에는 조그마한 요트들이 둥둥 떠 있다. 호숫가에 있는 집들을 보고 있자니 갑자기 부러움에 휩싸였다. 초록 숲과 에메랄드빛 호수를 낀 여름휴가를 보낸다는 건 대체 어떤 느낌일까? 유럽에서는 휴가도 한 달씩이나 준다는데. 이런 곳에서 별장을 짓고 여름을 보내는 상상을 해 본다. 이제는 짙은 질투와 박탈감에 휩싸여 혼란스러울 지경이다.

눈의 호강과 마음의 질투심에 여러모로 울렁이던 유람선에서 내리자 이제 잘츠카머구트의 마지막 마을, 장크트길겐에 도착했다. 내게는 마지막 마을이지만 장크트길겐은 잘츠카머구트의 초입부에 있는 마을로 이곳에서부터 여행을 시작하는 여행자들도 많을 것이다. 장크트길겐은 모차르트 어머니의 고향이기도 한데, 과연 모차르트쯤 되니 당사자도 아닌 어머니의 고향까지 명소로 챙겨주는구나 싶었다. 꽃이

260

가득한 놀이터에서는 아이들의 웃음꽃이 번지고 머리 위로는 산악 케이블카가 지나가는 동네였다. 수많은 이세계로 가득했던 잘츠카머구트에서의 짧은 24시간이 마무리된다.

양산형 로맨스 판타지에서 환생하는 주인공들을 늘 불쌍히 여겼는데 그들에게는 앞으로 놓인 역경이 많다. 의지할 곳은 대개 잘생긴 황태자나 북부대공뿐이다. 잘츠카머구트 같은 곳에서 눈을 뜬다면, 음, 괜찮을 것도 같다.

NEUSCHWANSTEIN
Neuschwanstein, Germany
France
Switzerland
Austria
Slovenia
Italy

쓸쓸한 백조의 성

→ 독일 남부에도 알프스 산자락의 신비로움
이 깃들어있다. 짙푸른 산으로 둘러싸인 이 지역은
오스트리아와의 국경 인근 마을을 따라 길이 놓여있
다. 렌터카를 타고 길 따라 여행할 수 있다면 정말 좋
겠지만 돈도 시간도 절약이 우선인 배낭여행자의 사
정은 다른 법. 대신 로얄캐슬투어라고 불리는 다국
적 버스투어에 참여했다. 뮌헨에서 출발해 하루 동
안 알펜가도의 일부를 보고 오는 프로그램이다. 오
전에 린더호프성을 보고 점심에는 오버아머가우에
들러 식사를 한 뒤, 마을을 잠시 산책한 후 오후엔 투
어의 하이라이트인 노이슈반슈타인성을 보고 저녁
에 뮌헨으로 돌아오는 코스였다.

구름이 짙게 낀 이 날은 비가 오고 그치기를 반복했
다. 버스로 산길을 달리며 차창 밖을 내다보니 구름
이 얼마나 낮게 깔렸는지 구름이 산꼭대기도 아닌
눈앞의 나무에 걸려 있는 듯했다. 한여름이었지만

기온이 많이 떨어져서 가지고 있는 옷을 모두 껴입고도 오들오들 떨었다. 내 기억으로는 13℃ 언저리까지 떨어졌었다. 그렇지만 도리어 비가 오고 기온이 떨어지는 덕분에 아름답고 처연한 분위기에 흠뻑 젖을 수 있어서 좋았다고 한다면 기억 왜곡일까?

노이슈반슈타인성을 이야기하면서 비운의 왕 루트비히 2세 1845~1886의 이야기를 빼놓을 수는 없을 것이다. 루트비히 2세는 바이에른 왕국 1806~1918의 제4대 국왕이다. 루트비히 2세는 노이슈반슈타인성을 비롯하여 린더호프성과 헤렌킴제성을 지었고, 계획만 해두고 축조에 들어가지 못한 성들도 여럿 있다고 한다. 이들 성 중 루트비히 2세가 살아생전 완공을 보았던 성은 단 하나, 린더호프성뿐이었다. 루트비히 2세는 건축에 미친 사람이었다. 막대한 건축비는 모두 왕실의 사비로 마련하였는데 바이에른 왕국이 멸망한 하노버 왕국의 자금을 받게 되어 가능했다고 한다. 그럼에도 높은 건축 비용을 가볍게 감당할 만큼의 자금은 아니었기에 신하들은 왕이 건축에 빠진 것을 매우 못마땅하게 생각했다. 결국 루트비히 2세는 정신질환자로 몰려 강제로 왕의 자리에서 물러서게 되었고 머지않아 의문의 죽음을 맞이한다.

그에게 정신질환 확진을 내린 의사와 함께 호수에서 시신으로 발견된 것이다. 당시 사인은 자살로 인한 익사라고 알려졌지만 그러기엔 의문점이 가득했다. 왕은 수영을 잘했고 호수가 그다지 깊지도 않았으며 폐에 물이 찬 흔적도 없었다고 한다. 현재는 루트비히 2세가 탈출을 시도하던 중 총살을 당한 것이지 않겠냐는 주장에 힘이 실리고 있다. 루트비히 2세의 죽음과 함께 헤렌킴제성의 공사는 중단되었고, 노이슈반슈타인성은 원래의 계획에서 많은 부분을 축소해 훗날 완공되었다. 여기까지가 루트비히 2세에 대한 간략한 인생 요약이라고 할 수 있겠다. 억울한 죽음을 맞이했지만 동시에 건축에 미쳐 왕국을 보살피는 데에는 재능이 없었던 왕. 그렇지만 그의 인생을 이렇게만 요약하면 안 될 것이다.

그는 비록 정치에는 재능이 없었지만, 문학과 예술과 건축을 진정으로 사랑하는 사람이었다. 오페라 <로엔그린>의 열혈한 팬이었고 바그너를 곁에 두며 예술 활동을 후원했다. 문화예술인에게 재정지원은 큰 힘이 되며, 그렇게 문화예술이 꽃핀 세상은 모두에게 윤택한 삶을 되돌려준다는 점에서 그가 무조건 돈을 헛되게 썼다고는 할 수 없을 것이다. 또한 그는 남성에게 끌리는 성적 지향성을 가진 사람이었고 독신으로 삶을 마감했다. 왕은 191cm의 장신이었고 상당한 미남이기까지 했으니 시대가 달랐다면, 아니 왕세자로 태어나지만 않았어도 더 행복한 삶을 살 수 있지 않았을까. 그의 삶이 얼마나 고독했을지, 그 속에서 문화예술이 그에게 얼마나 큰 위안이 되었을 지, 오페라와 건축에 몰두할 수밖에 없었던 그의 삶 이 가엾게 느껴진다. 삶의 고독을 느껴 본 사람이라 면, 사회에서 지정한 어떠한 선을 벗어나 본 사람이 라면, 그 속에서 나를 건져주는 것이 오직 예술뿐이 라는 감각을 느껴 본 사람이라면 그의 마음을 깊이 헤아릴 수 있을 것이다. 게다가 왕이 그렇게 욕을 먹 으며 건축했던 성들이 지금은 바이에른주의 엄청난 관광자원이 되어 그때의 건축비를 모두 회수하고도 돈이 남는다고 하니 정말 아이러니한 역사다.

투어의 하이라이트이자 루트비히 2세의 최대 역작, 노이슈반슈타인성은 그 유명한 디즈니 성의 모티브 가 된 성이다. 숲속에 고고하게 자리한 중세풍의 거 대한 성을 마주했을 땐 그저 동화 속의 한 장면 같다 는 생각만 들었다. 내 발은 현실을 딛고 있는데, 내 눈 앞에는 다른 세계가 있었다. 동화 속 세상 물정 모르는 순수한 공주님이 고립되어 살 것 같았다. 시중을 들 최소한의 사람만 곁에 두고 노래를 부르는 산새들과 함께 지낸다거나 하는 그런 동화가 그려졌다. 중세의 공주님은 이 성을 지은 왕처럼 외롭고 쓸쓸하지만 세상을 향한 순수한 꿈을 꾸고 있지 않을까. 물론 중세풍으로 보이는 이 성은 실제로 중세에 지어진 것도 아닐뿐더러 공주님이 살았던 적도 없긴 하지만. 보기와는 달리 노이슈반슈타인성은 근대에 지어진 건물이라 전화, 수도, 중앙난방, 수세식 화장실, 엘리베이터까지 갖추고 있다.

노이슈반슈타인성은 바그너의 오페라 <로엔그린>에서 영감을 받아 축성된 성으로 곳곳에 백조의 기사 로엔그린과 누명을 쓴 왕녀 엘자의 비극적인 사랑이야기가 담겨 있다. 루트비히 2세는 주인공들이 사는 성을 꿈꾸며 오페라의 장면을 이곳에 옮겼다. 곳곳의 백조 장식도 눈에 띈다. <로엔그린>을 상징하는 백조가 이 성의 중요한 모티브가 되어 이곳은 백조의 성이라고도 불린다. 성의 내부는 넓고 화려했지만 동시에 어둡고 쓸쓸한 느낌이었다. 왕의 비극적인 삶 때문인지 성은 고독하게 느껴졌지만 동시에 비슷한 누군가를 위로하고 있는 듯했다.

기념품으로 성의 전경이 담긴 마그넷과 백조 그림의 손거울을 샀다. 성에서 나와 마리엔 다리에 올랐다. 이곳에서 성을 바라보니 날씨 탓인지 적적하고 쓸쓸해보였다. 하늘은 먹구름이 휘감고 있었다. 그럼에도 꼿꼿하게 서 있는 이 성이 무척이나 아름다웠다. 많은 동화 속 이야기처럼 암울한 세상에서도 꼿꼿이 희망을 말하고 있는 듯이 보였다. 루트비히 2세의 삶은 쓸쓸하게 마무리되었지만, 그가 내비친 마음속 순수의 세상은 우리에게 여전히 삶의 희망으로 남아 있을 것이다.

Rothenburg, Germany
Czech
France
Switzerland
Italy
ROTHENBURG

동화 속 세상이 존재한다면

→ 로텐부르크에서 사온 마그넷은 나의 마그넷 컬렉션 중에서도 가장 좋아하는 마그넷 중 하나다. 알록달록한데다 골목의 입체감까지 단계별로 살아있는 마그넷은 마치 테마파크의 모습을 재현한 관광 기념품이 아닐까 싶을 정도다. 이렇게 생긴 마을이 인위적인 장소가 아니고서야 실존할 수 있는 걸까? 하지만 로텐부르크가 어떤 곳인가, 이곳은 유럽에서 가장 동화 같은 마을이라면 첫손가락에 드는 곳이다. 열 손가락도 다섯 손가락도 아닌 첫손가락.

학생 때 베스트셀러에 올라있던 유럽 여행 에세이를 읽으면서 로텐부르크라는 도시를 처음 알게 되었다. 유럽에서 가장 동화 같은 곳이라니, 아직 동화적 감성이 진하게 와닿을 나이라 마음 한 구석에 로텐부르크가 크게 자리 잡을 수밖에 없었다. 로텐부르크에 가게 된다면 실제로 만날 이 도시가 어떨지 너무나도 궁금했고, 비슷한 분위기의 여러 도시들에 매

료되어 유난히 독일 여행에 매력을 느끼기도 했다. 서양의 동화라고 하면 그림 형제가 민담을 정리한 동화집이 근본이라는 느낌이 있어서 동화의 배경을 떠올릴 때는 무심코 중세독일의 모습을 떠올리곤 한다. 그러므로 독일 여행은 어떤 의미에서 모든 곳이 동화 속으로의 여행 같기도 했다. 그리고 독일 메르헨 여행의 정점을 찍는 곳이 로텐부르크다. 중세의 구시가지가 특유의 분위기를 머금은 채 그대로 보존되어 있기 때문이다.

작은 기차역에서 내려 10분 정도 걸어가면 마치 지

금부터 장난감 마을로 진입한다는 듯한 아치문이 하나 나온다. 뾰족지붕을 얹은 요정의 집들 사이에서 아치문을 통과하면 빨간 벽돌 지붕이 가득한 로텐부르크의 구시가지로 입성한 것이다. 초입부터 아기자기한 마을 모습에 유럽에서 가장 동화 같은 마을에 왔다는 실감이 났다. 곧바로 성벽 위로 올라가는 계단이 시야에 들어와 얼결에 탑에 올랐다. 뾰족한 삼각형의 빨간 지붕이 줄지어 서 있었다. 집들이 어찌나 귀엽던지. 도시가 예쁘다거나 아름답다는 느낌을 넘어 귀엽다고 느껴지는 걸 보면 이곳이 가장 동화 같은 마을로 선정된 이유가 납득될 만했다. 구시가에는 노란색, 분홍색, 연두색 등 밝은 색으로 칠해진 집들이 가득했다. 종종 창틀에 붉은 꽃을 풍성하게 매단 집들이 보였고, 마을 중간중간에 있는 화단에도 빨간색, 노란색, 보라색으로 물든 꽃들이 마을의 분위기를 밝게 물들이고 있었다.

구시가지에 있는 집들을 들여다보니 귀여운 마을답게 갖가지 깜찍한 콘셉트를 한 기념품 숍이 많았다. 눈이 자꾸 돌아가므로 정신줄을 단단히 붙들어 매고 있어야 한다. 예쁜 건물이 많은 동네인 만큼 다양한 집 모양의 피규어를 파는 상점이 많았는데 배낭을

들고 다니는 처지가 아니었다면 속절없이 혹해서 샀을 것 같다. 그뿐만 아니라 크리스마스 상점이나 테디 베어 상점의 존재는 로텐부르크를 더욱 동화 속 마을처럼 만들어주어서 숍 구경 또한 온전한 여행의 일부분인 것처럼 느껴졌다. 동심으로 돌아가서 꿈꿔온 세상으로 들어온 듯한 달콤한 착각 속에 기꺼이 빠져 허우적거렸다.

로텐부르크에서 가장 유명한 장소라고 하면 아무래도 플뢴라인이다. 샛노란 집을 중심으로 양 갈래로 갈라지는 길을 발견했다면 바로 그곳이다. 귀여운 시계탑과 풍성한 꽃을 단 샛노란 집이 시야의 중심을 잡고 있고, 양옆으로는 하늘색, 파란색, 연두색, 주황색 등 색색의 집들이 늘어서 있는데 정말이지 동화 속 풍경이라는 생각이 절로 든다. 고개를 들어 하

Gasthof Glocke
Bäckerei Cafe

늘을 보니 구름은 어찌나 또 이리 몽글몽글하게 굴러가고 있는지. 나는 어린이들에게 지리 선생님 역할을 할 때가 종종 있는데, 유럽에 대해 공부하는 시간에 플뢴라인의 사진을 보여주면 아이들은 늘 부러워한다. "정말 선생님이 찍은 사진이에요?"라며 입을 떡 벌리고 믿기지 않는다고 한다. 그때마다 어린이들의 순수한 마음을 실감하곤 한다. 어린이 시절에 동화 속 같은 장소에 가볼 수 있다면 얼마나 더 기쁘게 와닿을까.

중세 성곽도시의 분위기를 간직하고 있는 로텐부르크는 성벽이 잘 보존되어 있고, 구시가지 안과 밖을 연결하는 아치문은 무엇 하나 빠짐없이 시대적 매력을 보여주는 듯했다. 동화의 속과 밖을 연결하는 느낌이랄까. 산책하듯 도시를 둘러보다 서쪽 문인 캐슬 게이트 밖으로 나가보았다. 키 큰 나무들이 줄지어 있는 잔디 공원이 등장했다. 성곽 안은 동화 같은 아기자기함이 있었다면, 이곳은 초록이 가득한 평화로운 곳이었다. 잔디밭에서 피크닉을 즐기는 사람들이 무척이나 여유로워 보여 잠시나마 나도 잔디 위에 앉아 보았다. 햇살을 받은 잔디는 연둣빛으로 빛났고 성벽 너머로는 빨간 지붕이 그린 물결과 초록

색 나무들이 풍경이 되어 어우러졌다. 인생이라는
동화책에 한 페이지가 되어줄 장면이었다. 내가 주
인공인 이야기도 계속 열심히 써 내려가서, 할머니
가 되어도 어린이들에게 세계의 멋진 곳들을 이야기
해주는 상상을 해 본다.

Lithuania
Belarus
Ukraine
KOPALNIA SOLI
WIELICZKA
Wieliczka, Poland
Czech
Slovakia
Austria
Hungary
Romania
Slovenia

소금광산에 어서오세요

Wieliczka, Poland

→ 이날 오전에는 아우슈비츠 강제수용소에 방문했다. 수용소는 오시비엥침이라는 도시에 있는데 '아우슈비츠'라는 말 자체가 오시비엥침의 독일어식 이름이다. 나치독일에 의해 수많은 생명들이 학살된 끔찍한 현장을 보고 나오자 내리쬐는 햇볕마저 서글프게 느껴졌다. 누구 하나의 웃음소리도 없는 엄숙한 현장이었기에 당연히 오시비엥침의 마그넷은 애초에 존재하지 않았다. 아우슈비츠 강제수용소를 기억하는 것이 마그넷 같은 관광 기념품이어서는 안 될 것이다. 참혹한 역사의 현장은 인류사의 교훈으로 남았고, 여전히 가르침을 얻지 못한 사람들에게 메시지를 보내고 있었다. 당신은 아직도 이런 역사를 반복하고 싶으냐고. 당신은 여전히 쉽게 가해자가 될 수도 피해자가 될 수도 있다고.

오후에는 가라앉은 마음을 안은 채 비엘리치카로 향했다. 소금광산 탐험을 위해서였다. 두꺼운 암염층

이 자리 잡고 있는 비엘리치카 지역에서는 13세기에 첫 번째 갱도가 생기며 유서 깊은 소금광산의 역사가 시작되었다. 소금 값이 금값이던, 어쩌면 그 이상이던 시절, 이곳의 소금광산에서 캐낸 소금은 한때 폴란드 왕실 수입의 3분의 1을 차지하기도 했다. 700년이 넘는 세월 동안 번성해 온 소금광산은 그저 소금 알갱이가 달린 동굴이 아니었다. 이곳은 또 하나의 세상이 되었다. 우리나라는 석회동굴이 발달한 나라여서 한국인인 나는 종유석과 석순이 만든 화려한 동굴이 어느 정도 익숙하던 터였다. 한때 석탄 채굴도 열심이었던 나라였기에 광산 방문이 처음인 것도 아니었다. 하지만 내 인생에 소금광산은 처음이었고 비엘리치카의 소금광산은 정말 말도 안 되는 광경을 보여 주었다. 이곳은 동굴이라기보다는 지하에 있는 또 하나의 도시였다.

소금광산에 들어오자 처음 마주한 것은 380개의 나무 계단이었다. 끝까지 내려가야 한다. 광산의 최대 깊이가 무려 327m, 그러니까 지하 9층 높이라는데, 그래서인지 한없이 계단을 내려가는 기분이 들었다. 그나마 내려가는 용도라 다행이었다. 다시 올라가라고 할까봐 은연중에 걱정했는데 돌아올 때는 엘리베이터를 탈 수 있었다.

지하로 내려가면 갱도는 복잡한 미로 같이 얽혀 있는데, 벽에는 새하얀 소금이 콜리플라워처럼 떼 지어 붙어있다. 고드름처럼 삐쭉하게 달려 있는 소금도 있었다. 천일염으로 소금을 얻는 우리나라에서는 볼 수 없는 장면이라 신기함에 눈을 이리저리 굴려 본다. 우리에겐 낯설지만 세계적으로 생산되는 소금의 90%는 암염이라고 한다. 갱도의 군데군데에 광부들이 암염으로 직접 만든 조각상이 있었다. 세상에…. 소금조각상들은 당장 박물관에 두어도 손색이 없을 만큼 정교했고, 하나 같이 훌륭한 이야깃거리를 가지고 있었다. 폴란드 전통에 대한 이야기나 성서에 관한 이야기였다.

갱도를 걷다 보면 작은 예배당이 나오기도 하고 지하 호수나 커다란 구조물이 나오기도 했다. 특히 곳곳에서 발견할 수 있는 종교적인 성상들은 광부들의 신앙심을 엿보기에 충분했다. 소금 채취를 위해 지하 세계에서 살다시피 한 광부들에게 신앙이 얼마나 큰 의지가 되었을지, 이 모든 행위에서 신앙이라는 의미를 찾던 그들의 삶을 그려 보았다.

마침내 그들의 신앙심이 정수에 달한 곳으로 진입했다. 지하 101m에 있는 커다란 공간. 이 커다란 홀의 정체는 바로 성당이었다. 킹가성당에 들어서는 순간, 내가 지금 지하 세계에 있다는 사실을 믿을 수가 없어 그저 감탄만 터져 나왔다. 지하에 이렇게나 넓은 공간을 만들고, 심지어 이렇게 화려하고도 신성하게 장식할 수 있다니. 천장에는 소금 결정으로 만든 화려한 샹들리에가 주렁주렁 매달려 있고, 벽에는 성서의 내용을 새긴 부조가 장식되어 있었다. 어두운 지하 공간이 밝게 빛나며 그 어떤 왕궁과 성당보다도 아름답고 환상적이었다.

지상으로 나가기 전 들렀던 마지막 장소는 바로 기념품 숍과 식당이다. 지하 동굴에서조차 기념품 숍이

288

라니, 역시 여행의 마무리는 마그넷 구매여서 웃음이 픗 튀어나왔다. 비엘리치카 소금광산은 1996년 이후 더 이상 소금을 채굴하진 않지만, 예외적으로 관람객들을 위한 기념품과 식당에서 쓰일 식재료로서는 여전히 소금을 생산하고 있다. 소금광산을 기억할 마그넷을 구경하다가 신이 잔뜩 났다. 저마다 독창적인 디자인으로 소금 알갱이들이 붙어있는데 어찌 신나지 않을 수 있을까! 다른 곳에서는 절대 구할 수 없는 특별한 마그넷이다. 마치 비엘리치카에서 내가 직접 캐온 소금 같다. 시간이 지나도 여전한 모습으로 붙어있는 마그넷의 소금 알갱이를 슬쩍 만져본다. 광산의 벽에 꽂핀 소금 결정을 만지던 그 때의 내 모습이 겹쳐진다. 아, 거기 참 멋졌지. 그때의 나도 정말 즐거웠었지.

Lithuania
Belarus
Ukraine
Czech
Slovakia
Austria
Hungary
Romania
Slovenia
KRAKOW
Katedra wawelska
Krakow, Poland

유럽에서의 한 달이 주어진다면

→ 여행매거진에서 한창 객원기자와 리뷰단으로 활동했을 때 '유럽에서 지낼 수 있는 한 달이 주어진다면 어느 도시를 선택하겠느냐'는 설문조사에 참여한 적이 있다. 당시의 나는 한 치의 망설임도 없이 크라쿠프를 택했다. 낮에도 밤에도 아름다운 광장, 생기 넘치는 사람들, 유럽에서 가장 마음에 드는 성당, 취향을 저격한 폴란드 음식, 무엇보다 저렴한 물가가 모두 내 마음을 뒤흔들었다고. 아름답고 활기찬 구시가와 넓고 깔끔한 신시가의 조화에 공산권이었던 나라들은 칙칙할 것이라는 편견도 날아갔다. 어떻게 크라쿠프를 사랑하지 않을 수 있을까. 이렇게 활기차면서도 동시에 평화로울 수 있다니. 크라쿠프는 낯설고 이질적이면서도 안정감이 드는 도시다. 정말 이상한 도시네. 보통 누군가가 웃으면서 '웃겨, 정말 이상한 사람이야'라고 한다면 이미 사랑에 빠진 거라던데, 크라쿠프가 내게 '정말 이상한 도시'인 걸 보면 나는 이미 크라쿠프를 사랑하고 있나 보다.

크라쿠프는 폴란드의 옛 수도다. 지금은 바르샤바가 폴란드의 수도지만, 크라쿠프는 11세기부터 16세기까지 500여 년간 폴란드의 심장이었다. 세계대전 때 다행히 피해를 거의 입지 않아 중세도시 특유의 분위기를 그대로 유지할 수 있었다. 여전히 견고하고 멋진 성벽 문을 통과해 크라쿠프의 구시가지로 들어섰다. 크라쿠프에서는 정말이지 유난히도 다른 시공

간을 여행하는 기분이어서 유럽의 다른 중세도시들과의 차이점이 무엇일까 곰곰이 생각해보았다. 일단 구시가지의 규모가 크다. 오밀조밀한 마을이 아니라 공간감이 트여 있는 도시다. 게다가 여전히 활기에 차있는 곳이다 보니 마치 또 다른 세계의 중심에 방문한 듯했다. 그중에서도 결정적으로 크라쿠프가 다른 시공간의 도시라고 느꼈던 이유가 있다. 이 도시

는 마치 판타지 어드벤처 게임에 속한 도시 같다. 말도 안 돼… 이런 감각은 도대체 어디서 오는 걸까? 도시를 돌아다닐수록 이 생각은 더욱 견고해졌다. 바벨성에는 여전히 왕녀님이 살고 있을 것만 같고, 바벨성 아래에는 불을 뿜는 전설의 용이 있다. 놀랍게도 정말로 크라쿠프에는 불을 뿜는 용이 있다. 고풍스러운 거리에는 마차가 다니고, 광장은 여행자들의 축제 현장 같다. 판타지 세계관 속을 돌아다니는 중세 여행자가 된 기분이다. 활기찬 상점가에는 무기상점이나 아이템 상점이 숨어 있다 해도 믿을 정도였다. 거리의 동상들도 마법에 걸린 채 익살스럽게 살아 움직일 것 같았다.

성당의 탑 꼭대기에서는 나팔수가 직접 나팔을 분다. 성 마리아 성당. 1220년에 건축된 크라쿠프의 랜드마크 중 하나다. 성당은 높이와 모양이 다른 두 개의 첨탑을 가지고 있다. 그중 높은 탑에서는 나팔수가 정각마다 나팔을 부는데, 나팔소리가 잘 진행되다가 갑자기 뚝 끊긴다. 이에는 사연이 있는데, 과거 타타르군이 폴란드를 침입했을 때 한 나팔수가 적의 침입을 알리다 적의 화살에 맞아 숨을 거뒀다고 한다. 나팔 소리는 그의 죽음과 함께 뚝 끊겼다. 나라를 위해 희생한 그를 추모하기 위해 성 마리아 성당의 나팔수는 현재도 직접 나팔을 분다. 그리고 언제나 그 나팔수가 전사한 멜로디 구간에서 연주는 멈춘다.

성 마리아 성당은 첨탑의 나팔 소리 외에도 성당 내부의 천장화와 성모 승천 제단으로 유명하다. 유럽을 여행하며 수많은 성당을 봐 온 여행자들은 초반 몇 번을 제외하면 성당에 별다른 감흥을 느끼지 못하게 된다. 그렇게 느슨해진 성당 여행에 긴장감을 주는 곳이 바로 성 마리아 성당이었으니… 이곳의 성당 내부는 다른 곳에서 잘 보지 못한 양식이었다. 가톨릭교회이지만 폴란드의 민속적인 색감이 짙었다. 푸른 밤하늘 색깔의 천장에는 황금색 별들이 총총 떠 있었고, 붉은 빛의 벽면은 민속적 패턴이 떠오

르는 문양으로 장식되어 있었다. 제단의 부조나 스테인드글라스의 색감도 상당히 원색적이고 화려했다. 의자에 앉아 성 마리아 성당의 분위기에 오래도록 취해 있었다. 특유의 색감과 문양이 자아내는 환상적인 분위기 때문에 마치 꿈속의 어딘가로 와 있는 기분이다. 아주 몽롱했다. 어린 시절의 꿈에서나 만났을 법한 장소였다.

해가 물러나면 크라쿠프에도 하나둘 씩 조명이 켜진다. 커다란 광장이 노르스름한 불빛으로 수놓이기 시작하면 크라쿠프의 밤은 훨씬 화려해진다. 크라쿠프의 중앙 시장 광장은 유럽에서 가장 큰 중세의 광장이라고 한다. 곳곳에 거리의 악사와 광대가 나와 흥을 돋운다. 구시가지의 여름밤은 이렇게 활기를 더해간다. 내가 있던 날에는 광장 한 편에 야외무대가 설치되어 있었다. 어떤 공연을 하는지 궁금해서 가까이 가보았다. 그런데 다가갈수록 어디선가 익숙한 멜로디가 들렸다. 아니, 한복을 입은 명창이 무대에서 판소리를 하고 있었다. 중세 판타지 세계관에서 만난 고국의 민속악이라니. "얼씨구 절씨구 지화자 좋다"가 울려 퍼지는 크라쿠프에 내가 있다니.

왕이 살던 바벨성을 지나 비스와강의 산책로로 나가 보았다. 이 강물은 흐르고 흘러 바르샤바에 닿을 것이고 폴란드의 많은 도시들을 관통한 뒤 언젠가는 발트해로 빠져나갈 것이다. 시민들은 밤공기를 마시며 강변을 걸었고, 도시의 조명을 반사한 강의 물결은 빨갛고 노랗고 파랗게 일렁였다. 그리고 바로 이곳에 전설 속의 불을 뿜는 용이 있다. 물론 동상이다. 뾰족뾰족 기괴한 형상을 한 용은 5분에 한 번씩 불을 뿜는다. 아이들은 용이 불을 뿜기를 기다리며 신나서 뛰어다닌다. 이보다 더 판타지 같은 도시가 어디 있을까? 유럽에서 딱 한 달을 살아볼 기회가 온다면 역시 크라쿠프가 좋겠다. 크라쿠프에 머물면서 나에게 숨겨진 마법의 재능을 발견할지도 모르겠다. 검술에는 재능이 없을 듯해 기사는 못될 것 같지만 마법사는 될 수 있을지도? 어쩌면 연금술에 재능이 있을지도 모르겠다. 상상은 자유니까.

세상을 엮는 조각

유럽을 여행하며 꼬박꼬박 모아온 마그넷을 보다가 마그넷과 여행지에 담긴 사연을 혼자만 알고 있긴 아깝다고 생각했다. 여행하는 도시마다 저마다의 사연을 간직하려고 나처럼 기념품을 모아온 사람들이 한둘은 아닐 것이다. 나는 내 마그넷에 관한 이야기를 풀었을 뿐이지만 다들 저마다의 기념품에 각각의 사연이 깃들어 있을 것이다. 글을 읽는 분들도 지난 여행에서 가져온 기념품을 꺼내 보며 먼 기억 속에 잠긴 추억도 함께 꺼낼 수 있는 시간이 되었으면 했다.

이 책을 처음 기획할 때는 마그넷을 통해 각각의 도시마다 느꼈던 짧은 단상을 정리하는 책이 되었으면 했다. 하지만 추억에 잠겨 글을 다듬느라 집필에 생각보다 오랜 시간이 걸렸고 글 자체도 계획보다 길어져서 다시 자르는 작업을 해야만 했다. 폴더 구석에 자리 잡아 굳이 들여다볼 일이 없던 여행사진 폴더도 오랜만에 탐독하듯 구경했다. 잊고 있던 기억이 새록새록 올라오는 반가움도 있었고, 어떤 사진은 아무리 생각해도 무엇을 찍고자 한 것인지 생각나지 않을 때도 있었다. 지난날의 내 모습은 어리고 풋풋하고 사랑스러워서 지금의 내 모습도 훗날의 내가 사랑해 주려나 싶었다.

　　마그넷을 주제로 한 글이다 보니 마그넷을 구하지 못해 맥락상 이야기하지 못한 여행지도 있다. 책에 담지 못해 가장 아쉬운 곳은 고흐가 말년을 보냈던 마을 오베르쉬르우아즈다. <오베르의 교회>, <까마귀가 나는 밀밭> 등 고흐가 생애 마지막 걸작을 남겼던 곳이다. 작은 마을의 한적함이 유난히 마음에 들었던 동네인데 희한하게 고흐라는 대예술가와 연관된 마을임에도 별다른 고흐 마케팅을 하지 않는 곳이었다. 마그넷을 사고 싶었지만 찾지 못했다.

　　폼페이도 마그넷을 구하지 못해 아쉬운 여행지다. 이때는 오가는 길에 기념품을 파는 노점상이 많았지만 투어 행렬을 따라가야 했던 입장이라 마그넷을 살 시간이 없었다. 문득 몰타의 어학원 선생님이 던진 질문 하나가 떠오른다.

　　"폼페이는 그렇게나 많은 사람이 죽은 비극의 장소인데, 왜 추모의 현장이라기보다는 그저 신기한 관광지가 되었을까요? 아우슈비츠나 체르노빌과는 대체 뭐가 다른 걸까요?"

　　분명 엄청난 비극이 일어난 장소지만 오래전의 일이라 그런 걸까? 혹시 인재가 아닌 자연재해라서? 그렇다면 콜로세움은 잔인한 검투 경기에 동원되어 많은 사람이 죽었는데 어떻게 지금은 웃으며 즐겁게 기념사진을 찍을 만한 공간이 될 수 있을까? 아우슈비츠의 마그넷이 없는 건 당연하다 생각하지만 폼페이의 마그넷이 없어서 아쉬워하는 내 모습을 보다 여러 가지 생각이 꼬리에 꼬리를 물고 이어지기도 한다.

스물넷의 여행 이후 두 번의 유럽 여행이 더 있었다. 한번은 오로라를 찾으러 간 아이슬란드 여행이었고, 또 한번은 베네룩스 3국을 여행한 후 파리에 살고 있는 친구 부부의 집에 일주일간 머무르는 일정이었다. 이때 지베르니를 한 번 더 찾았는데, 초봄의 지베르니는 한여름과는 또 다른 풋풋하고 상쾌한 아름다움이 있었다. 늘 그랬듯 이후의 여행에서도 마그넷을 열심히 수집하고 왔다. 책의 통일성이나 분량을 생각해서 새롭게 수집한 부분까지는 소개하지 못하여 아쉬운 마음이 든다.

기념품을 통해 지난 여행을 되돌아보는 글을 쓰면서 과거의 나를 만나고 동시에 다른 세계에 대해 깊이 생각하고 이해하는 작업을 했다. 단순히 여행의 즐거움을 설파하며 기념품 소비를 조장하는 글이 되고 싶지는 않았다. 각각의 기념품에 담긴 지역에 대한 이야기는 결국 세상을 이해할 수 있는 각각의 조각이다. 내가 모은 세상의 조각들이 다른 것들에 대한 이해와 사랑을 키우는 조각이 되었으면 좋겠다.

마그넷 수집가

느긋하고 솔직한 지리 덕후의 유럽 여행

초판인쇄 2025년 10월 30일
초판발행 2025년 10월 30일

글·사진 서지선
발행인 채종준

출판총괄 박능원
책임편집 양수정
디자인 최가은
마케팅 문선영
전자책 정담자리
국제업무 채보라

브랜드 크루
주소 경기도 파주시 회동길 230 (문발동)
투고문의 ksibook1@kstudy.com

발행처 한국학술정보(주)
출판신고 2003년 9월 25일 제406-2003-000012호
인쇄 북토리

ISBN 979-11-7457-171-7 03810